Infekte bei Kindern

MEDICUS

Infekte bei Kindern

Dr. med. Ulrich Saur

Verlag Gesundheit

Die Deutsche Bibliothek – CIP-Einheitsaufnahme

Saur, Ulrich:
Infekte bei Kindern / Ulrich Saur. – 3., bearb. Aufl. – Berlin:
Verlag Gesundheit, 1993.
(Medicus)
ISBN 3-333-00708-8

ISBN 3-333-00708-8

3., bearbeitete Auflage

Gesamtherstellung: Halberstädter Druckhaus GmbH
Abbildungen: Manfred Bofinger
Umschlaggestaltung: Siegfried Riemer

Inhaltsverzeichnis

Einleitung

Dieses kleine Buch wendet sich in erster Linie an die Eltern von (Klein-)Kindern, deren Liebling in kurzen Abständen, mehrfach hintereinander, vorwiegend in der sog. Grippezeit an Infekten der Atemwege erkrankt.

Die vorherrschenden Krankheitszeichen sind dabei: Fieber, Husten, Schnupfen, „röchelnde" oder „schnorchelnde" Atmung bei einer Bronchitis, evtl. laufende Ohren bei einer Mittelohrentzündung. Meist kommt es zu einer vorübergehenden Gedeihstörung mit Appetitlosigkeit, Gewichtsstillstand oder sogar -abnahme. Die Kinder sind oft unlustig, stimmungslabil und weinen viel – ohne besondere oder wegen geringfügiger Anlässe.

Bald leidet die ganze Familie mit dem „armen" Kindchen und Sie als Eltern werden dann zunehmend häufiger und eindringlicher Ihren Kinderarzt bzw. Ihre Kinderärztin* fragen, *warum gerade Ihr Kind ständig krank ist und was Sie dagegen tun können.*

Aber besonders in der Infektsaison/Grippezeit wird das Wartezimmer voll und damit die Zeit viel zu kurz sein, die dem Arzt bei jedem einzelnen Kind für die Erfragung der Beschwerden, die Untersuchung, die Ausfüllung der notwendigen Schriftstücke, die Erläuterung evtl. vorgesehener Labor- u. a. Untersuchungen sowie die Erklärung der Behandlungsmaßnahmen zur Verfügung steht.

Die Sie *bedrückenden Fragen* lassen sich aber nicht mit *wenigen Worten zufriedenstellend beantworten.*

Das vorliegende Büchlein möchte Ihnen in dieser Situation ein Ratgeber sein. Es will und kann aber auf keinen Fall den Arzt ersetzen! Es will nur das in einer ausführlicheren, dafür aber verständlich gehaltenen Form darstellen, was Ihr Arzt Ihnen gern alles – speziell auf den Gesundheitszustand Ihres Kindes bezogen – erklären würde. Nicht alle interessierenden Fragen konnten erörtert werden, denn dies soll kein Lehrbuch der Kinderheilkunde sein. Einige Fragestellungen werden wiederholt angeschnitten, wo dies zum Verständnis des jeweiligen Zusammenhangs wichtig erscheint.

* Um nicht gegen das Gleichstellungsgebot zu verstoßen, möchte ich hier betonen, daß im folgenden Text, wenn vom Arzt oder Kinderarzt die Rede ist, selbstverständlich auch Ärztinnen bzw. Kinderärztinnen gemeint sind; dies im Text ständig auch so auszudrücken erschien mir etwas umständlich.

Wer aber alles ganz genau wissen will, für den werden sicher noch viele Fragen offen bleiben. Vielleicht können Sie einige davon in einer ruhigen Stunde mit Ihrem Arzt ausführlicher erörtern.

Aber, liebe Eltern, auch wir Ärzte haben auf dem hier besprochenen Gebiet noch viele offene Fragen. Die Medizin ist schließlich eine Wissenschaft und das heißt, daß ständig neues Wissen geschaffen wird – über Ursachen und Zusammenhänge der verschiedenen Erkrankungen und über Möglichkeiten zu ihrer Bekämpfung.

Und noch ein „Aber“: All' unser medizinisches Wissen und unsere langjährige Berufserfahrung sagen uns immer nur, wie „der menschliche Organismus“ wahrscheinlich im allgemeinen bei einer Erkrankung oder auf eine Behandlungsmaßnahme reagieren wird. Jeder Mensch, auch schon ein Säugling, ist aber eine eigene Persönlichkeit mit eigenen Reaktionen und Verhaltensweisen – das zeigt sich eben auch bei der Auseinandersetzung mit einer Krankheit.

Je genauer „Ihr“ Kinderarzt Ihr Kind kennt, um so besser kann er bei einer aufgetretenen Erkrankung den zu erwartenden Verlauf einschätzen und die erforderliche Behandlung empfehlen. Sie sollten daher nicht gleich den Arzt wechseln, wenn z. B. Ihr an Keuchhusten erkranktes Kind nach 6 Wochen anhaltender Behandlung noch immer hustet oder wenn ein endogenes Ekzem (oder eine Neurodermitis) auch nach der dritten Salbe oder nach einer verordneten Diät nicht abheilt oder wenn eine obstruktive (spastische) Bronchitis sich trotz Behandlung immer wieder bemerkbar macht.

Es liegt in der Natur vieler Erkrankungen, daß man sie mit medizinischen Behandlungen nicht heilen, sondern allenfalls bessern kann, und es erfordert viel Fingerspitzengefühl und Erfahrung im persönlichen Verhältnis zwischen Kind/Eltern und Arzt hier den richtigen Weg zu finden.

Wir Ärzte, die Medizin, unsere Medikamente können keine Krankheiten heilen. Wir können nur Mittel und Wege suchen und aufzeigen, mit denen die natürlichen Heilungsvorgänge unterstützt bzw. eingeleitet werden.

Das Wissen, das die Ärzte darüber durch ihr Studium und durch ihre praktische Berufserfahrung gewonnen haben, wollen sie Ihnen durch entsprechende Beratungen weitergeben. Erwarten Sie also nicht bei jeder Erkrankung Ihres Kindes eine möglichst lange Liste von verordneten Medikamenten, sonder nehmen Sie auch die beratenden Worte Ihres Arztes z. B. über gesundheitsgerechtes Verhalten, Diätanweisungen usw. als wichtige ärztliche Behandlungsmaßnahmen ernst.

Liebe Eltern, bevor ich zum eigentlichen Thema komme, möchte ich noch einige Worte darüber sagen, mit welcher Grundeinstellung ich im folgenden an die uns interessierenden Fragen herangehe.

Es gibt heute oft Kritik an der sog. Schulmedizin. Verschiedene Bestrebungen gehen an dieser vorbei oder sogar gegen sie, um medizinische Probleme lösen zu wollen. Ich bin kein Anhänger irgendeiner „alternativen" Richtung.

Sicher kommen aus Bewegungen, wie Anthroposophie, Naturheilkunde, Homöopathie, Ganzheitsmedizin usw. oft kritische Fragestellungen an die Schulmedizin und nicht selten gehen davon Anstöße für Neubewertungen und Änderungen schulmedizinischer Methoden aus. Es ist eben ein Wesensmerkmal dieser Schulmedizin, daß sie – wie in der Schule üblich – ständig dazulernt und sich (manchmal etwas spät) den vom Lebensalltag vorgegebenen bzw. erzwungenen neuen Gegebenheiten anpaßt.

Solche Anpassungen vollziehen sich aber in der Regel langsam und oft erst nach langwierigen kritischen Auseinandersetzungen mit Forschungsergebnissen und Erfahrungen im Praxisalltag. Dieses kritische abwägende Bewerten „neuer" Heilmethoden bewahrt aber vor sektiererischem Verteufeln oder Hochloben bestimmter Verfahren, wie dies bei manchen Richtungen der sog. alternativen Medizin oft zu beobachten ist.

Für Kinderärzte sind Behandlungsmethoden, die man der Naturheilkunde zurechnen könnte, stets Teil ihrer Schulmedizin gewesen und „Ganzheitsmedizin" ist für die Kinderheilkunde schon lange keine Frage mehr. Den Kinderärzten ist durch ihre täglichen Erfahrungen von jeher bewußt, daß die *gesunde körperliche und geistig-seelische Entwicklung* eines Kindes sich *nur in Abhängigkeit von bzw. in Einheit* mit seiner *sozialen, biologischen und physikalischen Umwelt* – d. h. Familie/Gesellschaft, Natur usw., vollziehen kann.

Den Entwurf zur ersten Auflage dieses kleinen Büchleins habe ich betroffenen Eltern, Kinderärzten, Erzieherinnen und Sozialarbeiterinnen vorgelegt und mit ihnen besprochen. Dabei habe ich viele nützliche Hinweise für Änderungen und Ergänzungen erhalten. Nach den ersten beiden Ausgaben und einer Lizenzausgabe in Österreich erreichten mich auch kritische Stellungnahmen von Lesern.

Ich habe versucht, sachliche Kritiken in der vorliegenden Neuauflage weitgehend zu berücksichtigen – bzw. darauf einzugehen und danke hier allen, die sich geäußert haben.

Selbstverständlich sind in diese zweite Fassung auch neue Erkenntnisse und Gesichtspunkte eingeflossen, die sich nach der deutschen Vereinigung ergeben haben, in deren Gefolge das Gesundheitssystem in der ehemaligen DDR sich an das der „alten Bundesländer" anpassen muß und hoffentlich die Kinderheilkunde im neuen Gesamtdeutschland die Erfahrungen im Bereich der präventiven Medizin in der ehemaligen DDR nicht unter den Tisch fallen läßt, sondern für neue Ansätze z. B. zur Durchsetzung von Impfempfehlungen mit berücksichtigt.

Einige Grundbegriffe und Zusammenhänge zum Thema „Infektanfälligkeit“

„Erkältung“ - „Grippe“ - „Infekt“ - „ARE“

So oder ähnlich werden heute jene Krankheiten bezeichnet, um die es in den folgenden Ausführungen in erster Linie geht.

Um welche Krankheit geht es hier?

Diese Begriffe meinen alle das gleiche: *Eine meist in der kühleren Jahreszeit plötzlich (akut) aus dem Wohlbefinden heraus auftretende häufig fieberhafte Allgemeinerkrankung mit Husten, Schnupfen, Heiserkeit, Kopf-, Hals- und Gliederschmerzen, Appetitlosigkeit, Schwächegefühl.* Nicht immer sind alle Krankheitszeichen (Symptome) gleichzeitig vorhanden.

Erkältung

- *Erkältung*: Diese Bezeichnung entstand wohl aus der Erfahrung heraus, daß dem Auftreten einer solchen Erkrankung in der kühleren Jahreszeit oft eine Auskühlung des ganzen Körpers oder einzelner Körperteile vorausgeht.

Unterkühlung führt zu einer verminderten Durchblutung nicht nur der direkt davon betroffenen Körperteile. So sinkt z. B. bei einer Auskühlung der Füße, infolge reflektorischer Minderdurchblutung der Schleimhäute des Nasen-Rachen-Raumes die Temperatur dort ab. Das führt zu einer Schwächung der Abwehrfähigkeit – u. a. auch dadurch, daß die für die Infektabwehr wichtigen weißen Blutkörperchen bei Temperaturen unter 37 °C nur vermindert leistungsfähig sind.

Die Auskühlung ist also nicht die alleinige Ursache der Erkrankung. Sie begünstigt nur das Angehen der Infektion. Die Krankheitserreger können in ihrem Gefolge leichter in den Organismus eindringen und sich ausbreiten.

Daß die Kälte nicht die Hauptursache ist, sieht man auch daran, daß während der winterlichen Kälteperioden mit anhaltendem Frost weniger Infekte auftreten als bei ständig wechselnden Temperaturen um den Gefrierpunkt. Bei großer Kälte sterben die Erreger außerhalb des menschlichen Körpers schneller ab. Ansteckung bzw. Übertragung sind dann erschwert.

Außerdem widmen die meisten Menschen einer witterungsgerechten Kleidung mehr Aufmerksamkeit, wenn der Frost in Ohren, Nase und Fingern zwickt als wenn es „nur" feuchtkalt und ungemütlich ist.

Grippe

• *„Grippe"*: Die Verwendung dieses Begriffs ist in den meisten Fällen falsch. Grippe ist die Erkrankung, die als Folge einer Ansteckung (Infektion) mit einer ganz bestimmten Art von Krankheitserregern, den Grippe-Viren, oft massenhaft in Form einer Grippe-Epidemie auftritt. Meist handelt es sich dabei um besonders schwere und sehr akute Krankheitsverläufe.

Die meisten Infekte werden jedoch durch eine große Zahl verschiedener anderer Erreger hervorgerufen.

Infekt

• *„Infekt"*: Dieser Begriff besagt, daß diese Erkrankung durch eine Infektion (s. Abschn. Infektion – Antikörper – Immunität) mit lebenden Krankheitserregern ausgelöst wird. Dafür kommen viele verschiedene Arten von Viren und Bakterien in Frage.

Je nachdem, an welchen Körperteilen sich die Krankheitszeichen vorwiegend bemerkbar machen, spricht man von einem „Infekt der Atemwege", „Magen-Darm-Infekt", „Harnwegsinfekt" oder aber von einem „Allgemeininfekt", wenn allgemeine Krankheitssymptome vorherrschen, ohne daß ein Organ besonders betroffen ist.

ARE

• *„ARE"*: Das Kürzel wird im Zuge der allgemeinen Abkürzungsmanie zunehmend häufig verwendet für: Akute Respiratorische Erkrankung. Das ist ein lateinisch-deutsches Wörtergemisch, in dem „respiratorisch" bedeutet, daß die Atemwege betroffen sind.

Ich finde den Begriff „Infekt" oder „Atemwegsinfekt" am besten und werde ihn im folgenden Text überwiegend verwenden.

Infektanfälligkeit – was ist das?

Alle Menschen stecken sich gelegentlich mit einer sog. Grippe an. Die meisten erkranken danach auch immer mal wieder an einem „grippalen Infekt". Sowohl was die Schwere einer solchen Erkrankung betrifft, als auch hinsichtlich der Häufigkeit ihres Auftretens gibt es aber erhebliche individuelle Unterschiede.

Unterschiedliche Anfälligkeit

Es gibt sehr widerstandsfähige Menschen, deren Körper fast nie so stark auf einen solchen Infekt reagiert, daß sie das am Auftreten von Krankheitserscheinungen bemerken, obwohl auch ihr Organismus sich mit den „Grippe"-Erregern auseinandersetzt. Andere, ebenfalls sehr widerstandsfähige Personen – Erwachsene wie Kinder – haben nur selten einen leichten Schnupfen oder eine leichte Rachenentzündung als Ausdruck eines solchen Infektes. Wieder andere Menschen – besonders aber Kleinkinder – leiden häufiger und/oder länger und schwerer unter „Erkältungskrankheiten" (Virusinfekten) vorwiegend der Atmungsorgane mit z. T., ernsten Folgeerkrankungen; sie müssen nur einmal angehustet oder angeniest werden und schon haben sie wieder eine „Erkältung". Bei Kleinkindern genügen schon nasse Füße oder nasse Haare vom Herbstregen und sie reagieren mit Husten, Schnupfen, Fieber oder Brennen beim Wasserlassen usw.

Erhöhte Anfälligkeit im Kleinkindalter

Diese Anfälligkeit ist besonders häufig bei Kindern im Alter von 1–4 Jahren zu beobachten; im Schulalter hat sich die Widerstandskraft der meisten Kinder stabilisiert. Sie erkranken nicht mehr so oft und wenn, dann nicht mehr so schwer wie Kleinkinder.

Warum sind einige Kinder besonders infektanfällig?

Die Erklärung ist ganz „einfach": *diese Kinder haben zu wenig Abwehrkräfte.*

Abwehrmechanismen gegen Infekte

Verschiedene Abwehrmechanismen verhindern normalerweise, daß die in den Körper gelangten Krankheitserreger sich auf Haut- oder Schleimhautoberflächen festsetzen können, durch diese in das darunter liegende Gewebe eindringen, sich im Organismus ausbreiten und vermehren, sich in verschiedenen Organen ansiedeln und dort Entzündungen hervorrufen – wie z. B. in den Atemwegen (Nase, Rachen, Kehlkopf, Bronchien, Lunge), den Ohren, den Harnwegen (Blase, Harnleiter, Niere), dem Magen-Darm-Kanal usw. Dazu sind gesunde, funktionsfähige, d. h. auch gut durchblutete Haut- und vor allem Schleimhautoberflächen erforderlich sowie verschiedene Bestandteile des Blutes, die bei der Infektabwehr mitwirken, und zwar sowohl bestimmte zum Immunsystem gehörende Zellen als auch in der Blutflüssigkeit gelöste und somit leicht an gefährdete Körperregionen zu transportierende Eiweißsubstanzen, also flüssige Abwehrstoffe.

Der Organismus des Kindes, muß aber erst lernen, schnell und in wirksamen Mengen solche Abwehrstoffe zu bilden. Bestimmte für die Abwehr wichtige Zellen seines Immunsystems müssen erst lernen, Krankheitserreger zu erkennen und sie dann sinnvoll zu bekämpfen.

Leihimmunität bei Neugeborenen

Das Neugeborene bekommt von der Mutter einen gewissen Infektionsschutz mit auf den Lebensweg, der aber leider nur einige Monate vorhält. Durch mehrmonatiges Stillen kann dieser Schutz verlängert und verstärkt werden. Mit der Muttermilch bekommt das Kind einige Abwehrstoffe direkt geliefert, die bei der Vernichtung eingedrungener Krankheitskeime mitwirken. Außerdem sind darin Substanzen enthalten, welche dem kindlichen Abwehrsystem Informationen übermitteln, die ihm helfen, zu erlernen, wie es richtig, schnell und wirksam auf eine Infektion reagieren kann.

Aber noch bevor das Kind seine ersten Schritte ohne Hilfe macht, muß sein Abwehrsystem in der Lage sein, „auf eigenen Beinen zu stehen“, d. h., sich erfolgreich mit einer Vielzahl von Krankheitserregern auseinanderzusetzen. Dabei ist es genauso wie in der Schule: Der eine lernt schnell, der andere langsam. Außerdem sind hier wie dort für den Erfolg auch die Lernbedingungen wichtig (gesunde Lebensweise). „Gute Schüler“ werden bei altersgerechten Anforderungen ihr Wissen schnell vermehren. Bei „schwachen Schülern“ kann es aber auch mal zu Überforderungen kommen, sie verstehen dann u. U. bald gar nichts mehr und verlieren den Anschluß.

Schwaches Abwehrsystem

Ähnlich ist es mit den vermehrt infektanfälligen Kindern. Ihr Abwehrsystem ist so ein „schwacher Schüler“, ohne daß sie deshalb eine bestimmte versteckte schwere Krankheit haben (die nur der Arzt nicht finden kann – wie manche Eltern glauben). So läßt sich bei den meisten der vermehrt infektanfälligen Kinder auch mit den modernsten medizinischen Untersuchungsmethoden, mit den aufwendigsten Labor-, Röntgen- und anderen Untersuchungen keine Ursache der Anfälligkeit finden.

Feststellung der Infektanfälligkeit

Die *Diagnose „Infektanfälligkeit“* (Diagnose = Erkennen, Feststellen einer Erkrankung) kann der behandelnde Arzt erst stellen, wenn er das Kind einige Zeit beobachtet und mehrfach behandelt hat. Dabei muß er die Häufigkeit, die Schwere, den langsamen Heilungsverlauf und die verzögerte Rekonvaleszenz (Erholungsphase nach Überstehen einer Erkrankung, die der Körper benötigt, um die verbrauchten Kräfte wieder aufzubauen) bei der Beurteilung mit berücksichtigen. Erst wenn ein Kind mehrere, langanhaltende Infekte in kurzer Zeit hintereinander durchgemacht hat, stellt sich seine verminderte Abwehrfähigkeit, d. h. seine Infektanfälligkeit heraus.

Dem jungen Säugling von etwa 6 Monaten, der bisher gesund war, kann man meist noch nicht ansehen, ob er später einmal besonders infektanfällig sein wird. Trotzdem gibt es einige Kinder, bei denen bereits in sehr frühem Alter mit großer Wahrscheinlichkeit vorauszusehen ist, daß sie später einmal besonders anfällig sein werden. Dies wird besonders dann der Fall sein, wenn angeborene Schädigungen bestimmter Organe frühzeitig festgestellt werden, z. B. schwere Herzfehler oder Fehlbildungen der Atemwege, die dazu beitragen können, die Abwehrfähigkeit des Körpers zu vermindern.

Angeborene Defekte

Auch können bereits während der Schwangerschaft Erkrankungen oder gesundheitliches Fehlverhalten der werdenden Mutter dazu führen, daß das sich entwickelnde Kind für sein ganzes späteres Leben vorgeschädigt sein wird.

Erkrankungen der werdenden Mutter in der Schwangerschaft, z. B. Zuckerkrankheit, Herzfehler, Tuberkulose usw. müssen natürlich in der richtigen Weise ärztlich behandelt werden, um Schäden vom Kind abzuwenden.

Fehlverhalten der werdenden Mutter

Gesundheitliches Fehlverhalten der Schwangeren, wie Rauchen, Alkoholgenuß, Drogenkosum, massive Fehlernährung können das sich entwickelnde Kind schwer schädigen. Gedeihstörungen, Geburt mit zu geringem Gewicht und Fehlbildungen sowie spätere Krankheitsanfälligkeit des Kindes können ebenfalls die Folge sein.

Untersuchung desNeugeborenen wichtig

In den meisten deutschen Entbindungskliniken werden die Neugeborenen heute nach der Geburt bzw. vor der Klinikentlassung von einem Kinderarzt untersucht – z. T. von einem speziell dafür ausgebildeten Neonatologen. So wird ein großer Teil der angeborenen Entwicklungsstörungen oder Fehlbildungen oft schon in den ersten Lebenstagen erkannt. Diese bereits bei der Geburt vorhandenen Handicaps der Kinder müssen bei der späteren Behandlung einer Infektanfälligkeit natürlich mit berücksichtigt werden.

Angeborene Defekte

Einige angeborene Fehlbildungen, wie z. B. bestimmte Herzfehler und Mißbildungen im Bereich der Speiseröhre/Luftröhre müssen bereits in den ersten Lebenstagen operativ korrigiert werden. Andere, die gesunde Entwicklung des Kindes beeinträchtigende, angeborene Defekte kann man später operieren. Bestimmte Stoffwechselstörungen, die bereits im frühen Säuglingsalter behandelt werden müßten, kann man durch routinemäßig bei allen Neugeborenen durchgeführte Blut- bzw. Mekonium- (Kindspech = 1. Stuhlgang) Untersuchungen feststellen.

Vorsorgeuntersuchungen

Auch im Rahmen der *Vorsorgeuntersuchungen – die Sie als Eltern unbedingt zu den vorgesehenen Terminen von Ihrem Kinderarzt durchführen lassen sollten* – wird weiterhin nach Defekten oder Entwicklungsstörungen gefahndet, welche die Anfälligkeit des Kindes erhöhen könnten.

Was tun gegen Infektanfälligkeit?

Eine einmal festgestellte Infektanfälligkeit ist aber keineswegs ein unabwendbares Schicksal, in das man sich fügen muß. An ihrer Herausbildung sind ja meist auch schädliche Einflüsse der Umwelt mitbeteiligt z. B. falsches Verhalten im Sinne einer ungesunden Lebensweise. Die aber kann /muß man verändern! Es gibt „Lernhilfen" für das Abwehrsystem. Das sind Maßnahmen, die dazu beittragen, Überfoderungen zu vermeiden und dic „Kraftreserven" zu vermehren. Was dazu alles getan werden kann, werde ich Ihnen im Kapitel: „Maßnahmen gegen die Infektanfälligkeit" ausführlich erläutern.

Wundermittel gibt es nicht

Eines muß ich aber bereits hier deutlich sagen: Es gibt keine „Wunderspritze", die – einmal oder in bestimmten Abständen verabreicht – alle Probleme der infektanfälligen Kinder lösen und die eigenen Lernprozesse des Abwehrsystems ersetzen kann. So wie es den „Nürnberger Trichter", mit dem man allerlei Weisheiten ohne Lernarbeit direkt ins Gehirn „eintrichtern" kann, zum Bedauern vieler Schüler (und Lehrer) nur in der Sage gibt.

Deshalb sind die *Anwendung von „Gammaglobulinspritzen", „Interferon",* a. m. – sollten Sie davon gehört oder gelesen haben – für unser Problem *keine Lösung.* Auch diese Mittel können dem infektanfälligen Organismus nicht die fehlende eigene Abwehrfähigkeit künstlich zuführen.

Bevor ich darauf zu sprechen komme, wie den infektanfälligen Kindern geholfen werden kann, möchte ich den medizinisch besonders interessierten Eltern einige Begriffe und Zusammenhänge noch etwas näher erläutern. Wenn Sie mehr praktisch orientiert sind, dann überblättern Sie vielleicht erst einmal die nächsten Seiten und lesen weiter unter: Maßnahmen gegen die Infektanfälligkeit. In einer ruhigen Stunde werden Sie möglicherweise doch einmal Zeit finden, etwas genauer „hinter die Kulissen zu blicken".

Infektion – Antikörper – Immunität

Mikroorganismen unserer Umwelt

Jeder menschliche Organismus muß sich von der Geburt an ständig mit den verschiedensten Mikroorganismen auseinandersetzen. Dazu gehören: Viren, Bakterien, Pilze u. a.

Diese Mikroorganismen sind ein unabdingbarer Bestandteil unserer Lebensumwelt (Biosphäre).

Nicht alle Bakterien sind schädlich

Einige sind für uns lebensnotwendig, unser Körper geht mit ihnen eine Lebensgemeinschaft (eine Symbiose) zum gegenseitigen Vorteil ein. Das bekannteste Beispiel dafür sind die Coli-Bakterien, die unseren Darm besiedeln müssen, damit er richtig arbeiten kann. Aber auch auf der Haut und den Schleimhäuten der Atmungsorgane gibt es viele Mikroorganismen, deren Anwesenheit für eine normale Funktion dieser Organe erforderlich ist. Sie verhindern das Anwachsen und die Vermehrung krankmachender Keime und bilden zum Teil Stoffe, die unser Organismus für seine Funktion benötigt.

Lebensnotwendige Bakterien

Andere Mikroorganismen verhalten sich unserem Körper gegenüber indifferent, d. h., sie sind weder nützlich noch schädlich.

Wieder andere, man bezeichnet sie als fakultativ krankmachend, können nur Schaden anrichten, d. h., eine Krankheit auslösen, wenn der Körper in seiner Abwehrfähigkeit geschwächt ist – durch Fehlernährung (z. B. Vitaminmangel), ungesunde Lebensweise, schwere Vorerkrankungen usw.

Erreger von Infektionskrankheiten

Einige Arten jedoch rufen in der Regel eine Erkrankung hervor wenn sie in unseren Organismus gelangen, sich dort festsetzen und vermehren können. Das sind die Errreger der Infektionskrankheiten. Könnten sie sich ungehemmt vermehren und ausbreiten, würden sie den von ihnen befallenen Körper bald völlig zerstören. Daran hindern sie unspezifische, z. T. angeborene, z. T. erworbene Abwehrmechanismen. Bei jungen Säuglingen ist es die von der Mutter mitgegebene „Leihimmunität" und später sind es die vom Immunsystem gebildeten Antikörper.

Antikörperbildung erlernen

Unser Abwehrsystem setzt sich also ständig mit den verschiedensten Mikroorganismen auseinander. Bei diesen Auseinandersetzungen erlernt es das Erkennen krankmachender Keime und bildet gegen viele von ihnen spezielle Gegenmittel, die o. g. Antikörper, die bei einem erneuten Eindringen der gleichen Keime deren Vernichtung bewirken.

Wir sind dann gegen diese Krankheit ständig bzw. für einen

Erworbene Immunität

gewissen Zeitraum „immun“, d. h. unempfindlich. Das gilt z. B. für die sog. Kinderinfektionskrankheiten: Masern, Mumps (= Ziegenpeter), Windpocken, Röteln, Diphtherie, Kinderlähmung, Keuchhusten usw. Nach deren Überstehen bleibt oft eine jahrelang anhaltende, z. T. lebenslange Unempfindlichkeit (Immunität) gegen eine erneute Ansteckung mit dieser Krankheit zurück.

Impfungen

Warum Schutzimpfungen?

Kinderkrankheiten nicht ungefährlich

Mit der Bezeichnung *„Kinderinfektionskrankheiten“* ist für viele Menschen die Vorstellung verbunden, es handele sich um *harmlose Erkrankungen,* die jedes Kind durchmachen müsse und die nicht weiter gefährlich sind.

Das stimmt aber leider nicht!

Jährlich viele Tote durch Masern

An der „harmlosen Kinderkrankheit“ Masern sterben nach den Statistiken der WHO jährlich etwa 2 Millionen Menschen auf der Welt. Auch in Deutschland sterben jedes Jahr Kinder an Masern.

Folgeschäden nach Kinderkrankheiten

Eine weit größere Zahl von Kindern behält nach einer Erkrankung an Masern, Mumps oder Keuchhusten Folgeschäden zurück, die die weitere Entwicklung z. T. erheblich beeinträchtigen. Das Leid, das diese Kinder und ihre Familien ertragen müssen, könnte in den meisten Fällen vermieden werden, wenn alle Kinder rechtzeitig gegen diese Krankheiten geimpft würden.

Impflücken

Leider ist dies aber viel zu oft nicht der Fall – teilweise aus Schlampigkeit und Unwissenheit der Eltern, die Impfungen sind schließlich freiwillig; teilweise weil immer wieder Eltern auf die falschen Argumente von Impfgegnern hereinfallen, die behaupten, das Überstehen einer Infektionskrankheit würde sich positiv auf die Persönlichkeitsentwicklung des Kindes auswirken. Was ist aber

Impfungen vermeiden gefährliche Komplikationen

daran positiv, wenn ein an Masern erkranktes Kind eine Lungenentzündung, eine Gehirnhautentzündung oder eine gefährliche Kehlkopfentzündung bekommt? Eine zwar seltene aber schwere, schleichend verlaufende Gehirnentzündung infolge einer Masernvirusinfektion, die auch heute noch nicht heilbar ist, führt nach langem Siechtum zu einem qualvollen Tod der betroffenen Kinder – eine rechtzeitige Impfung könnte sie davor bewahren! Oder was soll positiv für die Persönlichkeitsentwicklung eines an Kinderlähmung (Poliomyelitis) erkrankten Kindes sein, wenn es nach Überstehen der Krankheit Lähmungen an Armen oder Beinen zurückbehält und sich nie mehr richtig bewegen kann?

Ein Argument der Impfgegner, das schwerer wiegt, ist der Verweis auf mögliche *schädliche Nebenwirkungen* von Impfungen.

Nebenwirkungen von Impfungen

Diese werden zwar mit der ständigen Verbesserung der Impfstoffe immer seltener, aber sie kommen vor.

Aber selbst die früher nach einer Pockenimpfung in seltenen Fällen zu beobachtende Hirnschädigung war kein vernünftiges Argument gegen die generelle Durchführung dieser Impfung, denn nur so konnten die Pocken, eine Krankheit an der vor der Impfära viele tausend Menschen starben und die bei noch viel mehr Erkrankten Folgeschäden hinterließ auf der ganzen Welt ausgerottet werden. Natürlich ist es ein schweres Schicksal, wenn ein Kind an den Folgen einer Impfung erkrankt und einen lebenslangen Schaden zurückbehält, aber *ohne Impfung wäre die Zahl der an Kinderinfektionskrankheiten Verstorbenen oder schwer Geschädigten immer wesentlich größer.*

Vorteile der Impfungen überwiegen

Letzteres gerät aber dank der segensreichen Wirkung der Impfungen schnell in Vergessenheit – die Folge davon ist dann, daß immer weniger Eltern ihre Kinder rechtzeitig impfen lassen und daß auch von den nachwachsenden Arzt-Generationen mangels Kenntnis der Erkrankungen und deren gefährlicher Komplikationen die Wichtigkeit der Impfungen nicht mehr richtig eingeschätzt wird.

Wenn heute noch alle Menschen in Deutschland wüßten, welche Folgen eine Erkrankung an Kinderlähmung hinterlassen kann, gäbe es sicher weniger Kinder, deren Eltern diese wichtige Impfung versäumen.

Uneinheitliche Haltung der Ärzte zu Impfungen

Ein weiterer Grund für die Verunsicherung der Eltern bezüglich der Impfungen ihrer Kinder ist folgender: Ärzte bzw. Gesundheitspolitiker haben zu einzelnen Impfungen immer wieder wechselnde Stellungnahmen abgegeben und die Impfempfehlungen werden unter dem Einfluß des Überwiegens von Argumenten der Impfgegner oder Impfbefürworter gelegentlich geändert, ohne daß dies in jedem Fall für den einzelnen Arzt und noch weniger für die Eltern nachvollziehbar ist.

Tbc-Impfung

Wenn z. B. die Tuberkuloseerkrankungen in den vergangenen Jahrzehnten erheblich zurückgegangen sind, so ist das zum Teil auf die bei allen Neugeborenen regelmäßig durchgeführte BCG-

Impfung zurückzuführen. Jetzt, nachdem seit einigen Jahren in weiten Teilen Deutschlands nur noch „besonders gefährdete Neugeborene“ geimpft werden, ist bereits wieder eine Zunahme der Tuberkuloseerkrankungen zu beobachten.

Keuchhusten-impfung

Ähnlich verhält es sich mit der Keuchhustenimpfung. In der ehemaligen DDR, wo jahrzehntelang mehr als 90 % aller Kinder gegen Keuchhusten geimpft wurden, war diese Erkrankung in den letzten Jahren eine Seltenheit. In den „alten Bundesländern“ wurde die Impfung wegen angeblich gehäufter schwerer Nebenwirkungen seit Mitte der 70er Jahre kaum noch durchgeführt – mit dem Ergebnis, daß Keuchhustenerkrankungen hier immer wieder in kleinen Epidemien gehäuft auftreten, viele Kinder wochen- ja monatelang mit schweren Hustenanfällen erkranken und Komplikationen, Folgeerkrankungen und auch Todesfälle zu verzeichnen sind.

Wie gefährlich diese Infektionskrankheit ist, beweist auch die Tatsache, daß um 1900 in Deutschland jährlich etwa 35 000 Kinder an Keuchhusten starben.

Seit Juli 1991 empfiehlt die Stiko (Ständige Impfkommission des Bundesgesundheitsamtes) wieder die Durchführung der Keuchhusten-Schutzimpfung bei allen Säuglingen und Kleinkindern (s. Impfkalender). Es bleibt zu hoffen, daß diese Empfehlung dazu führt, daß zukünftig ein möglichst großer Prozentsatz von Kindern geimpft wird, um diese in Europa nur in den „alten Bundesländern“ so verbreitete und gehäuft auftretende Infektionskrankheit soweit zurückzudrängen wie in unseren Nachbarländern und im Gebiet der ehemaligen DDR. Ein neuer, weniger unerwünschte Nebenwirkungen hervorrufender Impfstoff mit der gleichguten Schutzwirkung wie der bisher vorhandene sollte baldmöglichst zur Verfügung stehen.

Impfempfeh-lungen der Stiko

Welche Impfungen z. Z. von der Stiko empfohlen werden, können Sie der Tabelle 1 entnehmen. Diese Empfehlungen werden ständig aktualisiert, es kann also sein, daß Ihnen Ihr Kinderarzt, der über diese Aktualisierungen ständig durch Fachzeitschriften informiert wird, demnächst einen etwas abgeänderten Impfplan empfiehlt.

Tabelle 1 Impfempfehlungen der Ständigen Impfkommission (Stiko) des Bundesgesundheitsamtes seit Juli 1991

Alter	*Impfung*	*Personenkreis*
ab 3. Lebensmonat	*Diphterie – Pertussis – Tetanus* 3x im Abstand von 4 Wochen *Haemophilus influenzae Typ b (HIB)* 2 Injektionen im Abstand von nindestens 6 Wochen oder mit der 1. und 3. DPT-Impfung. (Die Injektion erfolgt kontralateral zur Injektion gegen DPT.) *Poliomyelitis* 2x trivalente Schluckimpfung im Abstand von mindestens 6 Wochen, mit der 1. und 3. DPT-Impfung oder Teilnahme an Impfaktionen der Gesundheitsämter Winter (November/Januar)	alle Säuglinge und Kleinkinder (Ausnahme siehe Anmerkung) alle Säuglinge und Kleinkinder alle Säuglinge und Kleinkinder
2. Lebensjahr (ab 15. Lebensmonat)	*Masern – Mumps – Röteln* (Kombinationsimpfstoff) *Diphterie – Pertussis – Tetanus* 4. Injektion (Abschluß der Grundimmunisierung) *Haemophilus influenzae Typ b* 3. Injektion, ggf. in Verbindung mit der 4. DPT-Impfung. (Die Injektion erfolgt kontralateral zur Injektion gegen DPT.) *Poliomyelitis* 3. trivalente Schluckimpfung	alle Kinder
ab 6. Lebensjahr	*Masern – Mumps – Röteln* (Wiederholungsimpfung) *Tetanus – Diphterie* (Auffrischung, gegen Diphterie d-Impfstoff für Erwachsene verwenden, zweckmäßig als Kombination Td) *Nachholimpfungen* (bisher versäumte Impfungen außer gegen Pertussis und Haemophilus Influenzae b; Erstimpfung gegen Diphterie d-Impfstoff für Erwachsene verwenden, zweckmäßigerweise als Kombinationsimpfung mit Td-Impfstoff)	alle Kleinkinder und Kinder
ab 10. Lebensjahr	*Poliomyelitis* (Wiederimpfung) trivalente Schluckimpfung	alle Kinder
10.–15. Lebensjahr	*Röteln* *Tetanus* (Auffrischung) *Diphterie* (Auffrischung mit d-Impfstoff für Erwachsene, zweckmäßig als Kombinationsimpfung mit TD-Impfstoff) Der Abstand zur letzten Auffrischung sollte nicht kürzer als 5 Jahre sein	alle Mädchen, auch wenn im Kleinkindesalter bereits gegen Röteln geimpft alle Kinder und Jugendliche

Anmerkung: Einige Kinder mit bestimmten festgestellten oder vermuteten Hirnschäden werden vom behandelnden Kinderarzt von der Pertussis- (= Keuchhusten) Impfung zurückgestellt.

Die Empfehlungen der Stiko werden im allgemeinen von den zuständigen Ministerien der Landesregierungen in öffentliche Impfempfehlungen für die jeweiligen Bundesländer übernommen. Alle von den für Gesundheitsfragen zuständigen Landesministerien öffentlich empfohlenen Schutzimpfungen sind für versicherte Impflinge kostenlos, d. h., die Kosten werden von den Krankenkassen übernommen.

Öffentlich empfohlene Impfungen sind kostenlos

Gleichzeitig bedeutet diese öffentliche Empfehlung, daß für den sehr selten möglichen Fall einer bleibenden Schädigung eines Impflings durch eine solche regulär durchgeführte empfohlene Impfung der materielle Schaden durch die öffentliche Hand reguliert wird.

Wie wirkt eine Impfung?

Eigentlich ist das was bei einer Impfung passiert ein ganz natürlicher Vorgang – dies auch zur Beruhigung für alle Anhänger einer „naturnahen Medizin".

Abgeschwächte Krankheitskeime

Mittels einer Injektion (Spritze) oder als Schluckimpfung wird eine bestimmte Menge abgeschwächter lebender oder abgetöteter Krankheitserreger oder bestimmter Teile von diesen in den Organismus gebracht.

Warum Spritze?

Die Spritze ist deshalb erforderlich, weil die damit verabreichten abgeschwächten oder abgetöteten Krankheitserreger, wenn sie auf dem üblichen Wege, also über die Schleimhäute von Nase, Mund, Darm usw. in den Körper kämen, dort von den unspezifischen Abwehrkräften (s. S. 27) vernichtet würden ohne die Bildung von Antikörpern anzuregen.

Die in den Impfstoffen enthaltenen abgeschwächten Erreger sind zu schwach, diese erste Barriere der Infektionsabwehr zu überwinden. Mit dem „Trick" der Spritze muß ihnen über diese Hürde geholfen werden.

Impfreaktion

Weil sie abgeschwächt sind, sind sie nicht in der Lage, eine echte Erkrankung hervorzurufen. Aber die 3. Reihe der Infektionsabwehr, das Immunsystem, erkennt sie als Feinde, bildet Antikörper dagegen und vernichtet sie dann. Dabei können gelegentlich Symptome einer leichteren Erkrankung auftreten, die aber wesentlich geringer und ungefährlicher sind als die richtige Krankheit die durch die natürlichen Krankheitserreger hervorgerufen wird. Die nach der Impfung gebildeten Antikörper bedingen die Immunität gegen die gefährlichen natürlichen Krankheitskeime. Der Organismus ist gegen diese Infektion gefeit, ohne die eigentliche Krankheit durchgemacht zu haben.

Antikörper nach Impfung bedingen Immunität

Gelegentlich gibt es auch auf natürlichem Wege einesolche „stille Feiung“: Einige wenige Kinder stecken sich z. B. mit Mumps oder Röteln an, bilden dagegen Antikörper, sind dagegen anschließend immun, ohne eine merkliche Erkrankung durchgemacht zu haben.

Wenn sich ein Kind mit einer Infektionskrankheit ansteckt, gegen die es erfolgreich geimpft wurde, werden die eingedrungenen Erreger durch die im Organismus vorhandenen Antikörper unschädlich gemacht, so daß die Erkrankung nicht ausbrechen kann oder, bei einer unvollständigen Immunität, wesentlich leichter verläuft als bei einem ungeimpften Kind.

Warum sind z. T. mehrere Impfungen gegen eine Krankheit erforderlich?

Weil die Erreger in den Impfstoffen abgeschwächt oder abgetötet sind stellen sie für das Immunsystem einen geringeren Reiz zur Antikörperbildung dar als eine Infektion mit den natürlichen, viel gefährlicheren Krankheitskeimen. Die wiederholte Verabreichung ist wieder ein erneuter Anreiz, eine Erinnerung für das Immunsystem, mit dem eine vermehrte, zur Abwehr einer natürlichen Infektion ausreichende Antikörperbildung angeregt wird. Nur so kann auf die Dauer ein ausreichend hoher Gehalt an Antikörpern erreicht werden.

Mehrfache Impfung – Erinnerung für das Immunsystem

Übrigens ist es auch bei natürlichen Infektionen durchaus nicht immer so, daß nach dem Überstehen dieser Erkrankungen eine lebenslange Immunität zurückbleibt, es sind Zweiterkrankungen möglich.

Schutzimpfung gegen Erkältungsinfekte?

Nachdem ich Ihnen soviel Gutes über die Schutzimpfungen gesagt habe, kann ich mir vorstellen, daß bei vielen von Ihnen die Frage auftaucht: „Warum werden dann nicht alle Kinder auch gegen

‚Erkältungskrankheiten' geimpft"? Das sind doch ebenfalls Infektionen, was bereits die Bezeichnung „Infekte" besagt.

Erkältungs-Impfung nicht möglich

Aus zwei Gründen ist dies leider nicht möglich:

Es gibt einige hundert verschiedene Arten, Unterarten und Stämme von Viren, Bakterien und anderen Erregern, die solche Infekte hervorrufen.

Eine Infektion mit einem derartigen Erreger hinterläßt meist nur eine kurzzeitige Immunität gegen diesen einen Stamm.

HiB-Impfung

Gegen einen Erreger von schweren grippeähnlichen Erkrankungen, den Haemophilus influenzae B, gibt es seit einiger Zeit eine Impfung, die HiB-Impfung. Die von diesem Erreger hervorgerufenen Erkrankungen (Hirnhaut-, Kehlkopf-, Lungen-, Ohrenentzündungen u. a.) verlaufen gelegentlich so schwer, daß Kinder daran sterben oder erhebliche Folgeschäden zurückbehalte. Daher sollte diese von der Stiko empfohlene HiB-Impfung (s. S. 23) bei allen Kindern durchgeführt werden.

Grippe-Impfung

Es gibt auch einen Grippe-Impfstoff. Dieser richtet sich in der Regel gegen 2 oder 3 Stämme von Grippeviren, mit deren gehäuftem Auftreten in der nächsten Infektsaison aufgrund epidemiologischer Untersuchungen gerechnet wird. Die Grippeerreger sind sehr „trickreich" und verstehen es, durch geringfügige Änderung ihrer Antigenstruktur in der Bevölkerung bestehende Immunitäten gegen einen „alten" Stamm zu umgehen. Solche Änderungen der Antigenität werden von den Wissenschaftlern aufgespürt und schnell Impfstoffe gegen die „neuen" Stämme entwickelt, die dann rechtzeitig vor Beginn der nächsten Erkältungszeit geimpft werden können.

Aber diese Grippeimpfung schützt nicht gegen jede Art von Erkältungsinfekt, sondern nur vor Infektionen mit den darin (in abgeschwächter Form) enthaltenen Stämmen.

Zu viele verschiedene Erreger

Die meisten sog. Grippeerkrankungen werden aber durch eine Vielzahl anderer Viren hervorgerufen, gegen die Impfungen (noch?) nicht möglich sind.

Die durch das Überstehen einer solchen „Grippe", besser eines solchen grippalen Infektes erworbene Immunität schützt nur gegen diesen einen Erreger (und das meist auch nur für begrenzte Zeit), so daß man sich kurz nach einer solchen Erkrankung durchaus gleich wieder mit einem anderen Virus anstecken kann.

Es ist nicht möglich, eine länger anhaltende Immunität gegen alle Erreger solcher gewöhnlichen Erkältungsinfekte zu erwerben.

Nochmal zur Erinnerung: Die Immunität ist bedingt durch spezifische, d. h., gegen eine ganz bestimmte Erregerart gerichtete Antikörper (Gegenmittel).

Was ist Immunität?

Resistenz = unspezifische Widerstandsfähigkeit

Unser Organismus verfügt aber auch noch über unspezifische Abwehrfähigkeiten, die gegen viele verschiedene Krankheitserreger wirksam sind. Sie werden zusammengefaßt unter dem Begriff der „Resistenz".

Infektverlauf von Resistenz abhängig

Wie ist es zu erklären, daß die Menschen so verschieden anfällig sind gegen Infekte der Atemwege und daß bei einer Ansteckung mit den gleichen Erregern der eine nur einen leichten Schnupfen bekommt oder sich nur einen oder zwei Tage etwas unwohl fühlt, ein anderer aber tagelang mit Fieber, Kopfschmerzen, Husten, Schnupfen krank ist und noch eine Folgeerkrankung durchmachen muß – wie z. B. Bronchitis, Lungenentzündung, Kieferhöhlenentzündung u. a. m.

Die Ursache dieser verschiedenartigen Krankheitsverläufe ist die unterschiedliche *„Resistenzlage"*, d. h. die unspezifische nicht gegen eine bestimmte Erregerart gerichtete *Widerstandsfähigkeit des Körpers* gegen eingedrungene Krankheitskeime und seine Fähigkeit, deren Eindringen bzw. Festsetzen zu verhindern, d. h., eingedrungene Erreger schnell und wirksam unschädlich zu machen, bevor sie sich vermehren und verschiedene Organe befallen können.

Was bedingt die Resistenz?

Die Resistenzlage ist z. T. durch angeborene (genetische) Eigenheiten bedingt, die wir als gegeben hinnehmen müssen. Aber sie ist auch von verschiedenen Faktoren abhängig, die wir beeinflussen können, z. B. von der Durchblutung der Schleimhäute, vom Vorhandensein aller für die normale Funktion unseres Organismus erforderlichen Stoffe, von der Erholung nach vorangegangener Erkrankung usw. Sie kann durch bestimmte Verhaltensweisen verbessert werden (gesunde Lebensweise, Abhärtung, Vermeidung von Risikofaktoren). Andere Faktoren führen zu ihrer Verschlechterung z. B. ungesunde Lebensweise, falsche Ernährung, Rauchen – auch passives Mitrauchen der Kinder usw.

Verlauf einer Infektion

Sehen wir uns einmal an, was passiert, wenn Infekterreger, von denen es – wie bereits erwähnt – hunderte verschiedener Arten oder Stämme gibt, in den menschlichen Organismus gelangt sind.

Zunächst muß ich kurz erklären, wie die Krankheitskeime in unseren Körper kommen, wie wir uns anstecken.

Ansteckungswege

Eintrittspforte der Erreger

Die Erreger können auf unterschiedlichste Weise zu ihren „Eintrittspforten" also auf die Haut, vor allem aber auf die Schleimhäute von Nase, Mund, Rachen sowie die Bindehaut der Augen gelangen und somit in unseren Organismus.

Tröpfchen-infektion

„Erkältungsinfekte" werden am häufigsten durch eine **Tröpfcheninfektion** übertragen, d. h., die Keime werden von erkrankten Mitmenschen durch Niesen, Husten usw. in feinsten Tröpfchen in die Luft ausgeschieden und von uns mit dieser eingeamtet.

Kontakt-infektion

Sie können auch durch **direkte Kontaktinfektion** übertragen werden, z. B. beim Händegeben oder beim Küssen, worauf man bei einem Infekt verzichten sollte.

Aber auch **indirekte Kontaktinfektionen** über Gegenstände sind möglich – z. B. durch gemeinsames Benutzen von Taschentüchern, Trink- und Eßgeräten, oder dadurch, daß erkrankte Personen Türklinken o. ä. infizieren, speziell nachdem sie sich in die Hand geniest oder gehustet haben – eine weit verbreitete Unsitte, die schon den kleinen Kindern als „gutes Benehmen" beigebracht wird. Welche Folgen dieses „gute Benehmen" hat, wenn sich z. B. die Verkäuferin am Wurststand beim Husten die Hand vor den Mund hält und dann – ohne diese zu waschen – weiter den Aufschnitt abpackt, kann sich jeder ausmalen.

Formen der Auseinandersetzung: Erreger – Organismus

Reaktionen nach Ansteckung

Was mit den Keimen geschieht, nachdem sie über eine „Eintrittspforte" in unseren Körper gelangt sind, hängt von unserer Widerstandsfähigkeit, der Resistenz ab:

- Die für unseren Körper günstigste Form der Auseinandersetzung ist die *schnelle Abtötung der Krankheitserreger* gleich auf der Oberfläche der Schleimhäute, noch bevor sie in das Gewebe, bzw. die Körperzellen eindringen können. Das vermag nur die voll funktionstüchtige, nicht geschädigte Schleimhaut eines gesunden Menschen mit einem ausgereiften Abwehrsystem.

Gute Abwehr - schnelle Tötung der Erreger

Auf seiner Schleimhautoberfläche hindern die normalen (physiologischen) Mikroorganismen die Krankheitskeime am Festsetzen. Von der Schleimhaut gebildete Hemmstoffe beeinträchtigen ihre Vermehrungsfähigkeit, sie werden vom abgesonderten Schleim eingeschlossen und durch die Funktion des Flimmerepithels (Oberflächenzellen mit feinsten Härchen) hinausbefördert. Es kommt zu keiner Erkrankung.

• Gelegentlich geschieht es, daß Erreger weiter in den Körper eindringen, sich vermehren, die Produktion spezifischer Antikörper auslösen, also eine Immunität hinterlassen, ohne daß eine bemerkbare Erkrankung durchgemacht wird.

Stille Feiung

Das nennt man eine *„Stille Feiung“*, weil man danach unbemerkt gegen die betreffende Erkrankung gefeit ist.

Entzündung als lokale Abwehrreaktion

• Bei einer etwas ungünstigeren Resistenzlage dringen die Erreger in die nicht voll abwehrfähige Schleimhaut ein und rufen dort eine *örtliche Entzündung* hervor, von der auch das angrenzende Gewebe mit betroffen wird.

Es ist dies eine massivere Form der lokalen Abwehrreaktion, bei der schon Hilfskräfte aus anderen Körperregionen mit dazu kommen müssen. Durch flüssige, nicht gegen eine bestimmte Erregerart gerichtete, also unspezifische Abwehrstoffe und durch besondere weiße Blutzellen werden die Eindringlinge unschädlich gemacht, die Entzündung kann schnell wieder abklingen, ohne daß stärkere allgemeine Krankheitszeichen auftreten. Eine solche örtliche Entzündung äußert sich z. B. in einem leichten Schnupfen, einer leichten Rachenentzündung usw.

Ausbreitung der Erreger

• Wenn es nicht gelingt die *Erreger* am Ort des Eindringens unschädlich zu machen und sie sich bei günstigen Lebensbedingungen vermehren können, dann *breiten sie sich mit dem Blut im ganzen Körper aus.* Nun müssen zu ihrer Vernichtung alle Abwehrkräfte mobilisiert werden.

In dieser Phase kommt es zu den bekannten allgemeinen Krankheitserscheinungen: Unwohlsein, Appetitlosigkeit, Schwächegefühl, Kopf-, Glieder- und Muskelschmerzen sowie Fieber.

Die Erreger versuchen, sich in bestimmten Organen festzusetzen, wodurch dort örtliche Entzündungen ausgelöst werden. Dafür kommen außer den Atemwegen als den meist zuerst infizierten Körperteilen, den Eintrittspforten, nun auch alle anderen Bereiche des Organismus in Frage.

Organspezifität der Erreger – Disposition des Organismus

In welchem Körperteil es den Erregern gelingt, sich festzusetzen, hängt von 2 Faktoren ab:

Vorliebe der Erreger für bestimmte Organe

1. Von der spezifischen *Vorliebe der Keime* zu bestimmten Organen. So gibt es Erreger, die sich bevorzugt in den Atemwegen ansiedeln, anderen „gefällt es besser" im Magen-Darm-Kanal usw.

Unterschiedliche Organanfälligkeit

2. Von der besonderen *Anfälligkeit (Disposition) der Organe.* Die Disposition einzelner Organe ist genauso wie die des Gesamtorganismus abhängig von deren Konstitution und Kondition.

Konstitution

Unter *Konstitution* versteht man die längerfristig festgelegte Beschaffenheit des Organismus, die von angeborenen (z. B. vererbten) und erworbenen (z. B. Restschäden, Narben nach Erkrankungen oder Verletzungen) Faktoren bestimmt wird.

Kondition

Kondition ist seine augenblickliche Leistungsfähigkeit, die zusätzlich durch zeitlich begrenzte Faktoren beeinflußt wird.

Hier ist besonders die Minderung der Widerstandskraft durch ungesunde Lebensweise wichtig. Am bekanntesten ist wohl die Anfälligkeit der Atemwege von Rauchern, die als Folge eines Infektes öfter eine Bronchitis bekommen als Nichtraucher. Auch extreme körperliche Belastung während der Auseinandersetzung mit einer Infektion kann zu einem besonders schweren Verlauf führen (früher bei Kinderlähmung oft beobachtet).

Verschiedene Erkrankungen durch einen Erreger

Es ist also nicht nur von den Erregern abhängig, welche Organe – in welchem Schweregrad – befallen werden.

Es kann durchaus sein, daß in einer Familie als Folge einer Infektion mit dem gleichen Virus der Vater einen Husten bekommt (weil er raucht), die Mutter einen Brechdurchfall (Magen-Darm-Infekt), der Sohn einen Nasen-Rachen-Infekt mit einer Mittelohrentzündung, während vielleicht die besonders wiederstandsfähige Tochter die Infektion übersteht, ohne merklich zu erkranken.

Sekundärinfektion

Wenn Viren, die bei über 90 % der Infekte zuerst als Erreger auftreten, ein Organsystem geschädigt und seine Widerstandsfähigkeit vermindert haben, kann es leicht dazu kommen, daß sich dort auch *zusätzlich Bakterien* festsetzen.

Sekundärinfektion durch Bakterien

Es gibt viele Bakterienarten, die sich ständig in unserer Umwelt und auch in unserem Organismus befinden und normalerweise von den Abwehrkräften in Schach gehalten werden. Wenn diese aber zu sehr geschwächt sind, können sich die Bakterien in den vorgeschädigten Organen festsetzen, es kommt dann zu einer sog. „Sekundärinfektion".

Diese äußert sich in der Regel in einer massiveren, evtl. eitrigen Entzündung, die erst einige Zeit nach Beginn des Infektes auftritt (z. B. in einem dicken eitrigen Schnupfen mit Beteiligung der Nasen-Nebenhöhlen, Kieferhöhle, Stirnhöhle, einer eitrigen Mittelohrentzündung, Angina, Bronchitis, Lungenentzündung usw.)

Eine solche bakterielle Infektion kann sich aber auch ohne einen vorangegangenen Virusinfekt in (vorgeschädigten) Organen festsetzen, das bekannteste Beispiel dafür ist die eitrige Mandelentzündung (Angina).

Anzeichen einer Sekundärinfektion

Als Anzeichen der beginnenden bakteriellen Sekundärinfektion kommt es meist – besonders bei Kindern – zu einem erneuten Fieberanstieg, einer Verschlechterung des Allgemeinbefindens und stärkeren örtlichen Entzündungszeichen.

In der Auseinandersetzung mit einer schweren Infektion werden dem Organismus oft die letzten Kräfte abverlangt. Das zeigt sich dann in einer schweren, u. U. langanhaltenden Erkrankung, die manchmal Folgeschäden hinterlassen kann.

Medikamente gegen Sekundärinfektion

Antibiotika

Zum Glück ist es der modernen Medizin gelungen, wirksame Medikamente zu entwickeln, die Bakterien abtöten oder sie so schwächen, daß die Abwehrkräfte unseres Körpers leichter mit ihnen fertig werden können. Es sind dies die sog. Chemotherapeutika (Therapie = Heilbehandlung) und die Antibiotika.

Infektabwehrschwäche – Infektkette

Die verschiedenen möglichen Verläufe einer Infektion habe ich Ihnen im vorangegangenen Text erläutert. Sicher werden Sie nun sicher die Frage beantwortet haben wollen:

Woran liegt es, daß manche Menschen nur selten und leicht an Infekten erkranken, andere aber – besonders Kinder – in kurzen Abständen eine Erkrankung nach der anderen durchmachen und dadurch in ihrem Gedeihen erheblich beeinträchtigt werden?

Gründe vermehrter Infektanfälligkeit

Dafür gibt es 2 Hauptgründe:

1. Das Abwehrsystem von Kleinkindern ist im allgemeinen noch nicht voll ausgereift,
2. Einzelne Kinder haben eine besondere individuelle Schwäche der Infektabwehr.

Was spielt sich im Organismus dieser vermehrt infektanfälligen Kinder ab?

Unvermeidlich stecken sie sich irgendwann an und erkranken an einem Infekt. Schon der erste „leichte" Infekt dauert aber bei ihnen infolge ihrer individuellen Abwehrschwäche länger und verläuft oft schwerer als bei widerstandsfähigeren, „infektstabilen" Kindern.

Abwehrsystem zu schnell erschöpft

Dabei werden Abwehrstoffe verbraucht, die nach Überstehen der Erkrankung langsamer als bei den infektstabilen Kindern wieder aufgebaut werden. In der Zeit unmittelbar nach dieser Krankheit haben die infektanfälligen Kinder noch weniger Abwehrstoffe als sonst. Sie sind somit noch anfälliger, d. h., ein neuer Infekt mit einem anderen Erreger (gegen den ersten ist der Körper ja kurzfristig immun) kann sich leichter bei ihnen festsetzen und zu einer erneuten Erkrankung führen. Diese verbraucht wiederum Abwehrstoffe und hinterläßt einen Zustand noch weiter verminderter Abwehrfähigkeit, in dem sich ein dritter Infekt nun noch leichter festsetzen kann usw. (Abb. 1).

Nicht nur die allgemeinen Abwehrkräfte des Körpers erschöpfen sich dabei, auch die Abwehrfunktion der Schleimhautoberflächen kann sich zwischen den kurz aufeinanderfolgenden Infekten nicht erholen. Dadurch wird das Festsetzen eines neuen Infektes erleichtert.

Infektkette

Da sich bei solchen Kindern ein Infekt an den anderen reiht, kann man hier von einer Infektkette sprechen. Davon wollen wir dieses Kind befreien. Wie, dazu will ich Ihnen im nun folgenden Kapitel einige Anleitungen geben.

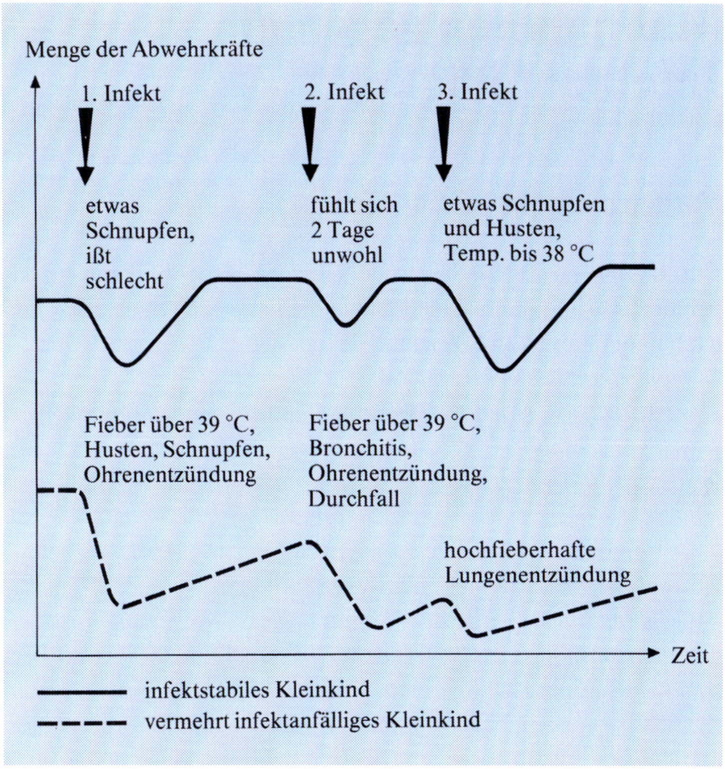

Abb. 1 Verhalten der Abwehrkräfte bei infektstabilen und infektanfälligen Kindern bei mehreren Ansteckungen.
Obere Kurve: Bei einem infektstabilen Kind kommt es nach jedem Infekt zu einem schnellen Wiederanstieg der verbrauchten Abwehrkräfte, teilweise sogar über den Ausgangswert hinaus.
Untere Kurve: Bei infektanfälligen Kindern werden zur Abwehr eines Infektes mehr Abwehrkräfte verbraucht, und sie regenerieren sich danach langsamer wieder.

Maßnahmen gegen die Infektanfälligkeit

Vorbeugen ist besser als Heilen

Vorbeugen aber wie?

Das ist eine alte Weisheit werden Sie sagen. Aber wie kann ich das bei meinem infektanfälligen Kind in die Praxis umsetzen, wie kann ich bei meinem Kind erreichen, daß es sich

1. *nicht so oft ansteckt* . . . und
2. *wenn es sich einen Infekt „eingefangen" hat, daran nicht so schwer erkrankt.*

Der erste Teil der Frage ist leicht mit einem *„Aber"* zu beantworten, das Sie bitte nicht überlesen sollten:

Infektherde meiden

Gehäufte Infekte verhindern Sie am besten, wenn Sie Ihr Kind von allen Ansteckungsquellen fernhalten, d. h., alle Kontakte zu Personen vermeiden, die an einem Infekt erkrankt sind. Also: Keine Besuche von oder bei Verwandten oder Bekannten, die gerade erkältet sind. In Grippezeiten (besser Infektzeiten) sollten Sie auch nicht unnötigerweise mit Ihrem infektanfälligen Kleinkind überfüllte öffentliche Verkehrsmittel benutzen, volle Kaufhäuser oder Massenveranstaltungen besuchen.

Es kann auch durchaus notwendig sein, ein besonders infektanfälliges Kind für längere Zeit vom Besuch in seiner Krabbelgruppe oder seiner Krippe zurückzustellen oder es für einige Wochen nicht den Kindergarten besuchen zu lassen.

Diese Zeit der vorübergehenden „Isolierung" sollten Sie dann nutzen, um in Absprache mit ihrem Kinderarzt, die Widerstandsfähigkeit Ihres Kindes gegen Infekte vielleicht durch einige der im Folgenden beschriebenen Maßnahmen zu verbessern.

Und nun zum bereits angekündigten *„Aber":*

Sie sollten Ihr Kind nicht „in einen Glaskasten stecken".

Gelegentliche Infekte = Training für das Immunsystem

Wie Sie bereits im Kapitel Infektion-Antikörper-Immunität lesen konnten, benötigt das Immunsystem des Menschen für seine gesunde Entwicklung ein gewisses Training, d. h., die gelegentliche Auseinandersetzung mit Viren, Bakterien usw., um dabei zu lernen, wie es solche Infektionen am besten bekämpfen kann.

Es ist völlig normal, daß ein Kind in einer Infektsaison (Herbst-Winter-Frühjahr) etwa 8–10 Virusinfekte durchmacht. Nur wenn diese Zahl wesentlich überschritten wird, oder wenn die dadurch hervorgerufenen Erkrankungen besonders schwer oder langwierig verlaufen, ist eine Expositionsprophylaxe, also das – selbstverständlich immer nur begrenzt mögliche – Isolieren des Kindes für einen bestimmten Zeitraum empfehlenswert.

Jetzt aber zum zweiten Teil der oben aufgeworfenen Frage: *Was ist zu tun, damit nicht aus jedem Infekt für das Kind eine schwere Erkrankung wird?*

Einige „Hausmittel", die Sie jederzeit selbst einsetzen können, werde ich später erläutern. Bei einigen der vermehrt infektanfälligen Kleinkinder werden aber diese Hausmittel nicht ausreichen, sie werden so schwer erkranken, daß sie vom Kinderarzt auch mit stärkeren Mitteln behandelt werden müssen.

Antibiotika gegen Infekte

Kann man dagegen nichts tun? Wollen Sie, als betroffene Eltern wissen, und gelegentlich schließt sich dann in der ärztlichen Praxis die Frage an: Sollte man nicht einfach bei *jedem Infekt gleich ein Antibiotikum geben, oder dem anfälligen Kind ein solches Medikament ständig, sozusagen vorbeugend verabreichen?*

Die zweite Frage muß ich mit einem eindeutigen *„Nein"* beantworten!

Antibiotika helfen nur gegen bakterielle Infektionen. Sie wirken nicht bei den (meistens) durch Viren ausgelösten unkomplizierten Erkältungsinfekten. Ihre unkritische Anwendung kann hier sogar schaden, weil:

Warum nicht bei jedem Infekt ein Antibiotikum?

- einige dieser Substanzen die körpereigenen, gegen Viren wirksamen Abwehrstoffe in ihrer Funktion behindern;
- die häufige, unkritische Anwendung der Antibiotika dazu führt, daß unempfindliche (resistente) Bakterienstämme „herausgezüchtet" werden, zu deren Bekämpfung diese sonst wirksame Waffe unbrauchbar ist;
- einige Antibiotika unerwünschte schädliche Nebenwirkungen haben, die jedoch bei ihrer gezielten Anwendung hinter die erwünschte Wirkung zurücktreten (z. B. Allergien);
- manche Antibiotika auch einen Teil der harmlosen, ja nützlichen Bakterien abtöten, die unseren Organismus besiedeln und

andere Keime am Festsetzen hindern (s. S. 19), so daß sich jetzt gegen Antibiotika unempfindliche Mikroorganismen, z. B. Pilze (Soor-Schwämmchen) leichter ansiedeln können.

Infektanfällige antibiotisch abschirmen?

Infektanfällige antibiotisch abschirmen?

Aber – wenden Sie vielleicht ein – *besonders empfindliche Kinder,* die dazu neigen, im Anschluß an jeden kleinen Infekt *eine schwere Erkrankung,* z. B. *eine Bronchitis* zu bekommen, sollte man die nicht *vorsichtsbalber* bei *jedem* dieser Infekte *gleich* mit einem *Antibiotikum* „abschirmen"?

Diese Meinung ist nicht nur bei betroffenen Eltcrn vcrbreitet, man trifft sie auch bei Ärzten manchmal an.

Sicher wird es gelegentlich Kinder geben, die man für eine gewisse Zeit – besonders kurz nach einer eben überstandenen schweren Erkrankung – nur dadurch vor einer neuen, für sie vielleicht gefährlichen Krankheit bewahren kann. Aber das sollten immer nur Einzelfälle sein. Gegen eine breitere Anwendung einer solchen „vorbeugenden" oder „abschirmenden" Antibiotikagabe sprechen die vier bereits genannten Punkte. Außerdem muß das Abwehrsystem lernen, sich selbst wirksam mit den Erregern auch von „Sekundärinfektionen" auseinanderzusetzen.

Selbstverständlich muß der Verlauf eines banalen Infektes bei einem anfälligen Kind in einer solchen Situation besonders sorgfältig überwacht werden, um notfalls rechtzeitig doch mit einem entsprechenden Medikament einzugreifen. Um dies zu gewährleisten sind *gut informierte Eltern* erforderlich und eine medizinische Betreuung, bei der, falls nötig, tägliche (kurze) ärztliche Kontrolluntersuchungen möglich sind.

Infektverlauf gut überwachen

Antibiotika „gut" oder „böse"?

Antibiotika – gefährliche Gifte?

Nach soviel kritischen Worten gegen einen zu häufigen Einsatz von Antibiotika sind aber noch ein paar klärende Worte zu diesen Medikamenten nötig, da es auch immer wieder Eltern gibt, die dazu eine genau entgegengesetzte Einstellung haben. Bei ihnen ist – oft nach dem Lesen oder Hören von Meinungsäußerungen „Alternativer" – der Eindruck entstanden, Antibiotika seien gefährliche Gifte, die mehr schaden als nützen.

Das ist aber überhaupt nicht so!

Hier zeigt sich, wie gefährlich falsche „Aufklärung“ sein kann.

Segen der Antibiotika

Antibiotika gehören zu den segensreichsten Medikamenten. Sie haben vielen früher gefährlichen bakteriellen Infektionen ihren Schrecken genommen. Oft kann nur mit ihrer Hilfe Leben gerettet und schweres Siechtum verhindert werden.

Bei Kindern mit bakteriellen Mandel- oder Mittelohrentzündungen, Bronchitiden, Lungenentzündungen, Harnwegsinfektionen oder Wundinfektionen oder auch beim von manchen inzwischen für harmlos gehaltenen Scharlach ist der Verzicht auf den Einsatz eines Antibiotikums heute in vielen Fällen als äztlicher Kunstfehler zu werten, weil ohne diese Medikamente gehäuft schwerwiegende Folgeschäden solcher Infektionen zu erwarten sind.

• Deshalb, liebe Eltern: *Bitte überlassen Sie die Entscheidung ob und wielange Ihr Kind mit einem Antibiotikum behandelt wird Ihrem Kinderarzt.*

Medikamente genau nach Vorschrift einnehmen

Wenn Sie Einwände gegen eine solche Behandlung haben, besprechen Sie dies bitte sofort mit Ihrem Arzt und lassen Sie sich die Notwendigkeit, die evtl. möglichen Nebenwirkungen und die Gefahren einer Nichtbehandlung erläutern. Begehen Sie auf keinen Fall den Fehler, die Verordnung zwar entgegenzunehmen, dann aber das Medikament doch nicht oder in zu geringer Dosierung zu geben – dann kann Ihr Arzt den Verlauf der Erkrankung natürlich nicht mehr richtig einschätzen.

Beenden Sie eine solche Behandlung auf keinen Fall vorfristig z. B. unmittelbar nachdem das Kind entfiebert ist. Das könnte sich sehr nachteilig auf den Verlauf der Erkrankung auswirken.

Antibiotikum nicht vorfristig absetzen

Es kann dann passieren, daß einige besonders robuste Erreger die zu kurze Einwirkungszeit des Antibiotikums gerade so überstanden haben. Diese „extraschlauen Bösewichter“, die nun wissen, wie man sich der gemeinsamen Einwirkung der Abwehrkräfte des menschlichen Körpers und des Antibiotikums entziehen kann, vermehren sich jetzt ungehemmt, wobei sie ihr „Wissen“ auf ihre Nachkommen vererben. Wenn diese dann plötzlich in großer Zahl gegen die erschöpften Abwehrkräfte des geschwächten Organismus zu Felde ziehen, ist oft guter Rat teuer. Es muß dann ein möglichst selten angewendetes, den Krankheitserregern noch unbekanntes „Reserve-Antibiotikum“ angewendet werden, um sie doch noch bezwingen zu können. Doch diese „schwersten Geschütze“ aus dem Arsenal der Antibiotika haben aber oft verstärkt die o. g.

unerwünschten Nebenwirkungen, sie töten auch viele der für unseren Organismus wichtigen „normalen“ Bakterien ab.

• Deshalb noch einmal: *Art und Dauer der Behandlung mit einem Antibiotikum lassen Sie bitte immer vom Arzt festlegen und halten Sie sich genau an dessen Behandlungsrichtlinien!*

Treten Nebenwirkungen auf – Arzt verständigen

Selbstverständlich sollten Sie Ihren Kinderarzt sofort unterrichten, wenn sich während oder nach einer medikamentösen Behandlung (nicht nur mit Antibiotika) bei Ihrem Kind Nebenwirkungen, wie Hautausschlag, Erbrechen, Durchfall o. a. zeigen.

Richtige Maßnahmen gegen die Infektanfälligkeit

Wenn nun die Antibiotika ebenso wie andere „Wundermittel“ (s. S. 18) zur Verminderung der Infektanfälligkeit des Kindes ausscheiden, bleibt für die Eltern die Frage:

Wie können sie den Organismus Ihres *übermäßig infektanfälligen* Kindes *befähigen*, sich *aktiv und erfolgreich* mit der großen Zahl von Infekt-Erregern *auseinanderzusetzen?*

Die Antwort ist einfach, Sie erreichen das durch die Beachtung der folgenden 3 Prinzipien:

• *Verbesserung der Widerstandsfähigkeit* (Resistenzlage), d. h. Stärkung des unspezifischen Abwehrsystems,

• *Vermeidung aller Risikofaktoren,* die das Auffangen und Festsetzen eines Infektes begünstigen und die Abwehrkräfte des Körpers schwächen,

• *sinnvolle erste Behandlungsmaßnahmen* beim Beginn eines Erkältungsinfektes.

Wie Sie diese Ziele praktisch erreichen können, will ich Ihnen im Folgenden erläutern.

Verbesserung der Resistenz durch gesunde Lebensweise

Gesunde Lebensweise

Stillen – die beste Prophylaxe für den Säugling

Stillen wichtig

Wenn irgend möglich sollte jedes Kind in den ersten Lebensmonaten mit Muttermilch ernährt werden.

Es ist empfehlenswert das Kind zu stillen, bis es 6 Monate alt ist, mindestens aber bis zur Vollendung des 4. Lebensmonats.

Das Stillen gibt dem Säugling – stärker als das Füttern mit der Flasche – ein sehr unmittelbares Gefühl der Geborgenheit. Die Mutter stillt dabei gleichzeitig sein Verlangen nach Nahrung, Wärme, Liebe und inniger Zuwendung.

Vorteile des Stillens

Die *Vorteile des Stillens* lassen sich unter folgenden Punkten zusammenfassen:

Optimale Zusammensetzung der Nahrung

• *Optimale Zusammensetzung der Nahrung:* Muttermilch enthält, vorausgesetzt die Mutter ernährt sich richtig, alle für den Säugling erforderlichen Nahrungsstoffe in der richtigen Konzentration (Ausnahmen: Vitamin-D, Fluor, s. u.).

Wenn die Milchmenge ausreicht, ist es vor dem fünften Lebensmonat nicht erforderlich bzw. nicht empfehlenswert, außer gelegentlich etwas ungesüßten Tee, irgend etwas dazuzufüttern.

• *Geringe Belastung von Verdauung und Stoffwechsel des Kindes:* Die Muttermilch enthält alle Nährstoffe, insbesondere die für den Körperaufbau des Kindes besonders wichtigen Eiweiße in einer optimal auf die Bedürfnisse des Säuglings abgestimmten Form und Menge. Anders als bei den artfremden Eiweißsubstanzen in den aus Kuhmilch hergestellten künstlichen Kindernahrungen werden zum Abbau der Muttermilcheiweiße und zu ihrem Umbau in körpereigene Stoffe nur geringe Anforderungen an das Verdauungssystem und den Stoffwechsel des Kindes gestellt. Deshalb kommt es bei allen gestillten Kindern seltener zu Ernährungsstörungen (Erbrechen und Durchfälle) und auch seltener zu Entgleistungen des Wasser- und Elektrolythaushaltes oder des Stoffwechsels, wenn das Kind z. B. bei einem fieberhaften Infekt einmal weniger Nahrung und auch weniger Flüssigkeit zu sich nimmt.

Muttermilch am leichtesten verdaulich

• *Muttermilch ist keimarm:* Durch den kurzen Weg vom „Erzeuger" zum „Verbraucher" besteht keine Gefahr der Verunreinigung durch Krankheitserreger, wie dies bei der Zubereitung von Flaschennahrung doch immer wieder möglich ist.

Muttermilch schützt vor Infektionen

• *Stillen schützt vor Infektionen:* Muttermilch enthält verschiedene natürliche, vom mütterlichen Körper gebildete Abwehrstoffe gegen Infektionen, die mit keiner künstlichen Nahrung dem Kind zugeführt werden können.

Es handelt sich dabei um spezielle Eiweißsubstanzen, die streng artspezifisch sind. Solche Stoffe sind natürlich auch in der Kuhmilch enthalten, aber sie nützen nur den Kälbern, nicht aber menschlichen Säuglingen (ganz abgesehen davon, daß sie beim Kochen oder bei der industriellen Herstellung von Säuglingsnahrung zerstört werden).

Außerdem gibt es in der Muttermilch bestimmte Informationsträger, die dem kindlichen Abwehrsystem „mitteilen", wie es sich gegen Infektionen wehren kann – sozusagen „Lernhilfen" für das Immunsystem.

Aus diesen Gründen sind gestillte Kinder in der Regel seltener krank und wenn, dann nicht so schwer wie künstlich ernährte. Vor allem schwere Krankheiten, die einen Klinikaufenthalt erforderlich machen, treten bei ihnen weitaus seltener auf.

Muttermilch schützt vor Allergien

• *Muttermilch beugt der Entstehung von Allergien vor:* Allergische (= Überempfindlichkeits-) Reaktionen der Darmschleimhaut auf bestimmte Nahrungsbestandteile wie z. B. Kuhmilcheiweiß oder Getreideklebereiweiß (Gluten oder Gliadin, einen Bestandteil aller Brotgetreide) können zu schweren chronischen Verdauungsstörungen und im Gefolge davon zu Gedeihstörungen des Kindes führen.

Eine möglichst langdauernde Ernährung des Kindes ausschließlich mit Muttermilch kann bei einer angeborenen Veranlagung zu diesen Erkrankungen deren Entstehung evtl. verhindern, auf jeden Fall aber hinauszögern und zu einem leichteren Verlauf der Krankheit führen. Auch bei anderen allergischen Erkrankungen wie z. B. Asthma oder Ekzem (bzw. Neurodermitis) kann durch reine Muttermilchernährung bei dazu veranlagten Kindern der Erkrankungsbeginn verzögert und die Schwere der Krankheit erheblich gemildert werden.

Besonders Kinder aus Atopiker-Familien, das sind Familien, in denen gehäuft Allergien, wie Heuschnupfen, Asthma, Nesselsucht, Nahrungsmittelallergie, Ekzem vorkommen, sollten daher in den ersten vier – besser sechs – Lebensmonaten, wenn irgend möglich, nur Muttermilch als Nahrung bekommen. Auch das nur gelegentliche Zufüttern anderer Nahrung kann sich hier nachteilig auswirken.

Überernährung durch Muttermilch selten

• *Muttermilch beugt der Überernährung und der späteren Entstehung einer Übergewichtigkeit vor:* Künstlich ernährte Kinder sind öfter zu dick als gestillte. Letztere neigen – auch wenn sie im Säuglingsalter etwas übergewichtig sind – später weniger zu bleibender Fettsucht als künstlich ernährte dicke Säuglinge.

Daß Übergewicht auch schon im Kindesalter für viele Erkrankungen mitverantwortlich ist, dürfte wohl allgemein bekannt sein.

• *Stillen wirkt sich positiv auf die psychische/seelische Entwicklung des Kindes aus:* Der intensive Körperkontakt beim Stillen fördert eine enge Mutter-Kind-Bindung. Er verstärkt das Geborgenheitsgefühl des Kindes, seine seelische Ausgeglichenheit und stillt besonders intensiv das Kontaktbedürfnis des kleinen Säuglings.

Stillen fördert die Entwicklung des Kindes

Psychische Ausgeglichenheit ist aber u. a. auch für die Widerstandskraft des Kindes gegen körperliche Erkrankungen wichtig – weil jeder Mensch, auch schon der ganz kleine in seiner Gesamtpersönlichkeit eine untrennbare Einheit von Körper und Psyche (Geist/Seele) bildet.

Das Zufüttern von Säften oder Breien

Nicht zu früh zufüttern

Es sollte bei gestillten oder mit voll- bzw. teiladaptierter Fertignahrung ernährten Kindern im Alter von 4 Monaten begonnen werden. Früheres Zufüttern von Säften ist in den meisten Fällen unschädlich, manchmal fördert es aber das Wundwerden oder das verstärkte Auftreten von Blähungen.

Kinder, die entgegen obiger Empfehlung mit selbsthergestellter Milchverdünnung ernährt werden, sollten ab der 6. Woche zusätzlich säuglingsgerechten Obstsaft bekommen.

Zwischen dem 4. und dem 7. Lebensmonat können bei gesunden Kindern die Muttermilch- oder Flaschenmahlzeiten nach und nach auf Breimahlzeiten umgestellt werden.

Auch dabei sind anfangs Fertignahrungen vorzuziehen, später kann der ältere Säugling altersgerecht zerkleinerte Nahrung „vom Tisch“ mitessen.

Wenn Stillen nicht möglich ist

Fertignahrungen besser als Selbstgekochtes

Dann sollte in den ersten Lebensmonaten eine industriell hergestellte Fertignahrung gefüttert werden. Solche voll- oder teiladaptierte (d. h., in der Zusammensetzung der Muttermilch möglichst weitgehend ähnliche) Nahrungen sind für den jungen Säugling besser als aus Kuhmilchverdünnungen hergestellte Milchnahrungen. Die Fertignahrungen enthalten die wichtigsten Nährstoffe, Mineralien und Vitamine in den dem Bedarf der Kinder entsprechenden Mengen und sind in der Regel besser verdaulich als selbstgekochte Flaschennahrung.

Für Säuglinge aus Allergikerfamilien, die nicht gestillt werden können, gibt es die Möglichkeit, ihnen eine sog. hypoallergene (d. h. allergenarme) Fertignahrung zu verabreichen.

Kinder, die mit Fertignahrungen gefüttert werden, benötigen in den ersten 3 Lebensmonaten ebenso wie gestillte Säuglinge keine Beikost.

Nachteile zu langen Stillens

Empfohlene Stilldauer

Schadstoffe in der Muttermilch

Vorteile des Stillens überwiegen

Heute wird für Säuglinge in Mitteleuropa empfohlen, sie in der Regel nicht länger als 6 Monate zu stillen.

• Die *Schadstoffbelastung der Muttermilch* ist vor allem ein Grund dafür. Diese enthält bestimmte Schadstoffe aus unserer Umwelt, die die Mutter im Laufe ihres Lebens mit der Nahrung aufgenommen und in ihrem Organismus gespeichert hat und zwar in höheren Konzentrationen als sie in der Kuhmilch vorkommen.

Es gibt bisher keine Anhaltspunkte dafür, daß sich diese erhöhte Schadstoffaufnahme mit der Muttermilch für den gestillten Säugling nachteilig auf seine Gesundheit auswirkt. Daher *überwiegen* die geschilderten *Vorteile des Stillens im ersten Lebenshalbjahr* so sehr, daß es weiterhin als normale Ernährung aller Kinder in dieser Altersstufe empfohlen wird.

Im zweiten Lebenshalbjahr haben sich das Verdauungssystem und der Stoffwechsel des gesunden Kindes soweit stabilisiert, daß der allmähliche Übergang auf eine gemischte Nahrung unter Einschluß von Kuhmilch, Fleisch, Getreideprodukten, Obst und Gemüse als Normalkost zu empfehlen ist.

• *Psychische Nachteile zu langen Stillens.* Sie sind nur in Einzelfällen zu erwarten, wenn Kinder über das 1. Lebensjahr hinaus gestillt werden. Dadurch kann – muß aber nicht – ihre normale psycho-soziale Entwicklung gestört sein. Durch eine zu einseitige Mutter-Kind-Bindung kann die Ablösung des Kindes von der Mutter, seine Kontaktaufnahme zu Fremden, also seine Sozialisation behindert werden, und es kann zu Verhaltensstörungen kommen.

Richtige Ernährung des Kleinkindes

Richtiger Nährstoffgehalt der Kleinkindernahrung wichtig

An eine gesunde Ernährung des älteren Säuglings und des Kleinkindes sind folgende Anforderungen zu stellen (diese Aufstellung ist natürlich unvollständig, sie enthält nur einige mir besonders wichtig erscheinende Punkte):

– *Eiweiß:* Die Nahrung soll ausreichend leicht verdauliches Eiweiß enthalten. Es ist der wichtigste Rohstoff zum Aufbau des schnell an Masse zunehmenden kindlichen Körpers. Der einfachste Eiweißlieferant ist die (Kuh-)Milch bzw. ihre verschiedenen Verarbeitungsprodukte: Quark, Käse, Joghurt. Aber auch Eier, Fisch, Geflügelfleisch und magere Wurstsorten sind hier zu empfehlen.

Ausreichend Eiweiß

In den seltenen Fällen einer echten Kuhmilchallergie muß natürlich auch jenseits des Säuglingsalters auf dieses Nahrungsmittel verzichtet werden.

– *Fette:* Sie sind als Bestandteil der Säuglings- und Kleinkinder-Nahrung im allgemeinen unproblematisch. Es sollte jedoch bei der (nicht zu empfehlenden!) Selbstzubereitung von Säuglingsnahrung aus verdünnter Kuhmilch auf die Zugabe von Keimöl geachtet werden – wie in den entsprechenden Rezepturen in der Regel angegeben. Später sollten mehr pflanzliche und weniger tierische Fette verwendet werden als allgemein üblich.

Mehr pflanzliche Fette

– *Kohlenhydrate:* Mangelerscheinungen gibt es praktisch nicht. Das Problem liegt hier viel eher im „Zuviel“ und zwar zuviel Zucker. Zuviel Zucker in der Nahrung des Kleinkindes schädigt nicht nur die Zähne (Zuckerkaries), sondern auch die Verdauung, Bauchschmerzen und Verstopfung, aber auch gehäufte Durchfälle können die Folge sein (s. S. 45 – 46).

Nicht zuviel Zucker

– *Mineralstoffe:*

Kalzium – wichtig für den Knochenaufbau, ist in der Milch ausreichend enthalten. Mangelzustände können auftreten, wenn Kinder keine Milch vertragen. Nur dann ist die Gabe von „Kalktabletten“ u. U. erforderlich.

Kalzium

Eisen – auf einen ausreichenden Eisengehalt der Nahrung ist bei Säuglingen und Kleinkindern zu achten. Eisen spielt eine wichtige Rolle bei der Infektabwehr, es wird aber auch als Baustein für den roten Blutfarbstoff benötigt, dessen Menge wegen des raschen Körperwachstums und der damit einhergehenden Zunahme des Blutvolumens in diesem Lebensalter schnell zunehmen muß – soll es nicht zu einer Anämie (Blutarmut) kommen. Muttermilch und die heute verwendeten Säuglingsfertignahrungen enthalten meist ausreichend Eisen. In unserer sonstigen Nahrung ist es jedoch oft in einer etwas zu geringen Menge vorhanden, so daß leichte Mangelzustände – die eine Infektanfälligkeit mit verursachen können – nicht selten sind. Viel Eisen ist vor allem in Blut(-wurst) und Leber enthalten, Spinat ist entgegen einer weit verbreiteten Meinung kein guter Eisenlieferant. Viel Eisen enthalten auch die roten

Eisenmangel behandeln

Früchtesäfte, die für Kleinkinder heute oft angeboten werden.

Fluorzusatz ratsam

Fluor – als ein für die Zahngesundheit wichtiges Mineral, ist in der Muttermilch und in den üblichen Nahrungen meist nicht ausreichend enthalten, es sollte zugesetzt werden, am besten kombiniert mit Vitamin D (s. u.).

– *Vitamine:* Die notwendigen Vitamine müssen in ausreichenden Mengen in der Nahrung enthalten sein. Besonders zu geringe Mengen der Vitamine A, B_1 , B_6, und C können mitverantwortlich für eine Infektanfälligkeit sein, weil sie u. a. für die normale Abwehrfunktion der Schleimhautoberflächen notwendig sind.

Vitamin A

Vitamin-A-Mangel tritt kaum auf, es ist in Fetten und Gemüsen enthalten.

B-Vitamine

Die *B-Vitamine* können in der Kost teilweise fehlen, wenn das Kind nur Brot und Gebäck aus hellem Mehl bekommt. Im Vollkornbrot sind sie ausreichend enthalten.

Vitamin C

Vitamin C wird vor allem mit frischem Obst und Gemüse, aber auch mit Kartoffeln dem Körper zugeführt.

Vitamin D zuführen

Vitamin D ist weder in Muttermilch noch in anderen Säuglingsnahrungen in ausreichender Menge enthalten, besonders aber nicht in selbsthergestellter Milchnahrung! Wenn es künstlich nicht zugeführt wird, z. B. durch die tägliche Gabe einer entsprechenden Tablette (am besten kombiniert mit Fluor s. o.) oder auch in Tropfenform, kann es leicht zum Auftreten einer Rachitis mit u. U. bleibenden Knochendeformierungen des Kindes kommen. Im 1. und evtl. auch noch im 2. Lebensjahr sollte jedes Kind in unseren Breiten unbedingt regelmäßig Vitamin-D-Gaben erhalten.

Ausreichende Flüssigkeitszufuhr

– *Flüssigkeit:* Eine ausreichende Flüssigkeitszufuhr ist besonders für Kleinkinder wichtig. 1/2 Liter = 500 ml Milch, den jedes Kleinkind täglich als flüssige Nahrung bekommen sollte – besonders wegen des Gehaltes an hochwertigem, leicht verdaulichem Eiweiß und an Kalzium (s. o.) – reicht zur Deckung des Flüssigkeitsbedarfs nicht aus. Zusätzlich können Säfte, Tee, Mineralwasser (möglichst keine süßen Limonaden) gegeben werden – aber nicht als Dauer-Beruhigungs-Nuckelflasche (s. u.)

In den heute meist zentralbeheizten Wohnungen ist die Zimmertemperatur in vielen Fällen zu hoch und die Luftfeuchtigkeit zu gering. Deshalb geben die Kinder mehr Feuchtigkeit über die Atmungsorgane ab. Hier ist besonders im Winter darauf zu achten, daß Kleinkinder nicht zu wenig trinken.

Ob genügend Flüssigkeit aufgenommen wurde, merkt man an

der Urinmenge und an dessen Farbe – auf diesem Wege müssen schließlich verschiedene Stoffwechselschlacken aus dem Körper ausgeschieden werden. Wenn sie zu sehr im Urin konzentriert werden, wird dieser dunkler. Ein Kind, das ständig sehr dunklen Urin hat, sollte also unbedingt mehr trinken.

– *Ballaststoffe:* Bei unserer heute üblichen Ernährung besteht die Gefahr, daß ebenso wie die meisten Erwachsenen auch die Kleinkinder zu wenig Ballaststoffe mit der Nahrung aufnehmen. Ballaststoffe sind Nahrungsbestandteile, die vom Darm nicht oder nur unvollständig verdaut wieder ausgeschieden werden. Sie sind zur Aufrechterhaltung einer normalen Darmtätigkeit wichtig. Wenn sie in der Nahrung fehlen, kann es z. B. leicht zu Verstopfungen kommen, was nicht nur unangenehm ist, sondern langfristig auch zu Folgeschäden führt.

Ballaststoffe wichtig für Verdauung

Viel Ballaststoffe sind besonders in rohem Gemüse, Obst, Vollkornbrot, Müsli enthalten.

Also: Weniger Weißmehlprodukte, wie Kuchen, Kekse, Weißbrot, dafür mehr Vollkornbrot und Müsli essen:

– *Mahlzeiten regelmäßig und in Ruhe einnehmen:* Das ist nicht nur für Kleinkinder, sondern für alle Familienmitglieder wichtig. Die Mahlzeiten sollen für das Kind angenehme Ereignisse im Tagesablauf sein – ohne Zwang („nun iß doch endlich…") und Hast, aber sie sollen auch nicht in stundenlange Spielereien ausarten – nur um das Kind zur Aufnahme von möglichst viel Nahrung zu bewegen.

In Ruhe essen

Am besten ist es, für den Ablauf der Mahlzeiten ein festes *Ritual* einzuhalten, vorher Hände waschen, hinterher Zähne putzen. Achten Sie darauf, daß Ihr Kind richtig kaut, denn gut zerkleinerte Nahrung ist besser verdaulich.

Häufige Fehler bei der Kleinkinderernährung

Ernährungsfehler

– *Beruhigungsflasche:* Besonders für das Gebiß des Kleinkindes sind die sog. Beruhigungsflaschen gefährlich, die mit gesüßtem Tee oder Obstsäften gefüllt dem Kind für den ständigen Gebrauch in die Hand gegeben werden, damit es schön ruhig ist und möglichst wenig stört. Wenn das Kind ständig diese Flasche mit sich herumträgt und immer wieder etwas daran nuckelt, haben seine Zähne laufend Kontakt mit den Obstsäuren, bzw. der Zuckerlösung. Dadurch kommt es – auch durch die Mitwirkung von Bakterien, die

Beruhigungspulle gefährlich

sich in der Zuckerlösung optimal entwickeln können – schnell zu einer oft weitgehenden Zerstörung des Gebisses. Schon 2 bis 3jährige Kinder haben dann oft nur noch ein paar schwarze Stummel im Mund! Ein solches zerstörtes Gebiß ist aber nicht nur häßlich und dadurch für das Vorschulkind u. U. erheblich psychisch belastend, sondern auch ein Risikofaktor für die Gesundheit des ganzen kindlichen Organismus.

*Also: Weg mit der Beruhigungs*pulle! Oder, wenn Sie schon glauben, nicht darauf verzichten zu können, dann sollte darin nur abgekochtes Wasser oder ungesüßter, aber kein saurer Tee sein. Auch davon sollte das Kind keine unbegrenzten Mengen erhalten, denn auch mit zuviel Wasser kann man sich sozusagen „vergiften".

Leckerli und Lutscher schaden den Zähnen

– *Betthupferl:* Besonders schädlich für die Zähne ist das sog. Betthupferl, also ein Stückchen „Lecker-Süß" unmittelbar vor dem Schlafengehen und nach dem Zähneputzen. Es liefert nur neue Nahrung für die Kariesbakterien, genauso wie die leider viel zu beliebten Dauerlutscher.

Überhaupt sollte man Kindern zur Belohnung nie irgendwelche Süßigkeiten geben, das erhöht nur deren ideellen Wert für die Kleinen. Die gedankliche Verbindung Lob-Süßes-Wohlgefühl kann leicht dazu führen, daß das Kind sich durch den Genuß von reichlich Süßigkeiten Ersatzbefriedigungen für zu seltenes Lob oder mangelnde Zuwendung verschafft.

– *Überernährung:* Schon im Säuglings- und Kleinkindalter ist darauf zu achten, daß die Kinder nicht zu dick werden. Bereits jetzt kann durch Überernährung das Kind für sein späteres Leben „falsch programmiert" werden, bzw. falsche Eßgewohnheiten annehmen.

„Dick" ist nicht gleich „gesund"

Dicke, übergewichtige Kinder sind nicht etwa weniger krankheitsanfällig, weil sie ja was zum Zusetzen haben wie viele fälschlicherweise glauben. Vielmehr treten besonders Infekte der Atemwege, wie Bronchitiserkrankungen bei deutlich überernährten Kindern öfter auf als bei Normalgewichtigen. Ob Ihr Kind ein für seine Körpergröße normales Gewicht hat, sagt Ihnen Ihr Kinderarzt. Außerdem sind in den gelben Vorsorgeheften Nomogramme enthalten, in welchen bei den Vorsorgeuntersuchungen, die Sie selbstverständlich regelmäßig durchführen lassen sollten, Größe und Gewicht eingetragen werden. Sie können daraus deutlich erkennen, wo Ihr Kind mit seinem Gewicht im Vergleich zum Normalwert liegt.

Gesundheitsgerechtes Wohnraumklima

Zu warme Wohnung gesundheitsschädlich

Wohnraumtemperaturen: In vielen Wohnungen ist es zu warm. Überheizte Wohnräume sind aber genauso ungesund wie eine zu kalte Wohnung. Für das Wohnzimmer sind 20–22 °C empfehlenswert. Es ist besser, bei etwas geringeren Temperaturen ausreichend bekleidet, z. B. vor dem Fernsehapparat zu sitzen als bei 25–30 °C nur in Unterwäsche oder in einer Kittelschürze aus reiner Kunstfaser.

Sehr ungünstig ist auch, daß heute in vielen Wohnungen die Temperaturen während des ganzen Tages etwa konstant gehalten werden. Unser Körper muß, um reaktionsfähig gegenüber Witterungseinflüssen zu bleiben, Gelegenheit haben, sich im Laufe des Tages mehrfach an verschiedene Außentemperaturen anzupassen. Kinder sollte man daher mehrmals am Tage bei offenem Fenster im Zimmer herumtoben lassen, noch besser ist es natürlich, mit ihnen nach draußen ins Freie zu gehen.

Die Wohnung sollte nachts etwas auskühlen, damit man sich morgens nicht in überheizten Räumen aufhalten muß.

Sehr zu empfehlen ist es, am Morgen in einem frisch gelüfteten, noch nicht geheizten Zimmer, möglichst wenig bekleidet ein paar Minuten Frühgymnastik zu treiben, und zwar die ganze Familie, einschließlich der Kleinkinder. Denn, wie eine alte Volksweisheit treffend sagt: Was Hänschen nicht lernt, lernt Hans nimmermehr!

Kalte Füße – Erkältungsrisiko

Neben den ständig überheizten Wohnungen sind auch jene besonders problematisch, in denen der Fußboden immer kalt ist. Folge, die Bewohner haben oft kalte Füße. Sie sind dann für Infekte viel anfälliger. Deshalb muß man hier auch, besonders aber bei Kleinkindern, auf warme Fußbekleidung (Hausschuhe und Socken) achten und bei evtl. Unterkühlung der Füße öfter – auch zur Vorbeugung – ein temperaturansteigendes Fußbad nehmen (s. Abschn. kleinkindgerechte spezielle Abhärtungsmaßnahmen).

Nicht zu warm schlafen

Der Schlafraum sollte auf keinen Fall zu warm sein. 15–18 °C sind hier zu empfehlen. Für junge Säuglinge kann es etwas wärmer sein (17–20 °C). Gute Belüftung ist wichtig, Zugluft muß aber unbedingt vermieden werden!

Ausreichende Luftfeuchtigkeit: In den meisten Wohnräumen ist im Winter die Luft zu trocken, sie muß angefeuchtet werden, z. B. durch Zimmerpflanzen oder Verdunstungsgefäße an den Heizkörpern. Optimal ist eine relative Luftfeuchtigkeit von etwa 60%

Trockene Luft schlecht für die Bronchien

= 10g Wasser/m^3 Luft – bei 20 °C. Winterliche Außenluft von 0 °C mit 100 % rel. Luftfeuchtigkeit z. B. hat nach ihrer Erwärmung auf 20 °C nur noch einen Feuchtigkeitsgehalt von 27 % (rel.), sie enthält dann etwa 5g Wasser je m^3.

Wegen der Empfindlichkeit der Lungenbläschen muß die Luft in den oberen Atemwegen auf 37 °C erwärmt und bei dieser Temperatur zu 100 % mit Wasser gesättigt werden. Das sind dann etwa 40g/m^3 . Diese ständige hohe Wasserabgabe kann zu einer Austrocknung der Schleimhäute führen, darunter leidet sowohl ihre Funktionsfähigkeit, also auch die Fähigkeit, Krankheitserreger abzuwehren.

Witterungsgerechte Kleidung

Richtige Bekleidung

Auskühlung bestimmter Körperpartien (z. B. Hände, Füße, Kopf) bewirkt u. U. eine reflektorische Minderdurchblutung weit entfernter Organe und kann so ebenfalls das Festsetzen eines Infektes begünstigen. Wir müssen deshalb – besonders bei kleinen Kindern – immer auf der Witterung angemessene Kleidung achten. Wichtig sind besonders warme Fußbekleidung, Handschuhe, Kopfbedeckung.

Aber hier gilt nicht „viel hilft viel“!

Übermäßig warme, zu dicke Kleidung hindert das Kind an der freien Bewegung, vermeidet natürliche Temperatur-Regulationsvorgänge – ebenso wie das Stubenhocken – und führt zu Verweichlichung sowie zu einer Verminderung der Wärmeregulationsfähigkeit. Die warme Kleidung muß ausreichend luftdurchlässig sein, damit es darunter nicht – bedingt durch die Schweißabsonderung – zu einer feuchten Dunstschicht kommt. Die Ausnahme ist wasserfeste Wetterkleidung, die aber nur bei Regen getragen werden sollte.

Besonders in den Übergangszeiten muß auf die großen Temperaturunterschiede während des Tages mit rechtzeitigem Kleidungswechsel reagiert werden. Am kühleren Abend dürfen aber dann die wärmeren Sachen nicht zu spät wieder angezogen werden.

Weniger Kunstfasern für Kinderkleidung

Auch sollte man Kleidung, speziell Leibwäsche für Kleinkinder aus Baumwollgewebe kaufen (bzw. herstellen!), weil sie besser Feuchtigkeit (Schweiß) aufnehmen kann. Ungesund sind auch Schlafanzüge bzw. Nachthemden aus Kunstfasergewebe.

Wichtig ist aber eine feuchtigkeitsundurchlässige Fußbekleidung, am besten Gummistiefel, wenn Kleinkinder im nassen Gras spielen. Nasse Füße kühlen schnell aus und kalte Füße begünstigen sehr das Festsetzen eines Infektes (s. S. 13). Bei Trockenheit sind Gummistiefel ebenso wie Turnschuhe aus Plastik nicht zum ständigen Tragen geeignet. Besser geeignet sind Schuhe, die den Fuß nicht ganz luftdicht abschließen.

Nasse Füße vermeiden

Regelmäßige Bewegung an der frischen Luft

Damit wird der Körper allgemein durchtrainiert, Muskel- und Skelettsystem kräftigen sich durch die Belastung. Atmungs- und Kreislauforgane (Lunge, Herz) müssen immer wieder – möglichst regelmäßig über das für den Ruhezustand erforderliche Maß hinaus – belastet werden, um Leistungsreserven zu entwickeln.

Sport für Herz und Lunge wichtig

Das gilt übrigens auch – bzw. erst recht für den Erwachsenen!

Für unser Problem aber ist besonders wichtig: Die Schleimhäute der Atemwege müssen ständig trainiert werden, um auf den Unterschied von Temperatur und Luftfeuchtigkeit richtig reagieren zu können, der besonders in der kalten Jahreszeit zwischen den trockenen, geheizten Wohnräumen und der Außenluft sehr groß ist. Verweichlichte Stubenhocker, die sich ständig in wohltemperierten Räumen aufhalten, erkälten sich leichter als Menschen, die sich auch im Winter viel an der frischen Luft aufhalten.

Täglich an die frische Luft

Lassen Sie sich genauer erläutern, warum das so ist. Die untrainierten Schleimhäute eines Stubenhockers reagieren auf Kältereize mit einer verminderten Durchblutung und als Folge davon mit einer Störung der Abwehrfähigkeit, weil alle Lebensfunktionen der dann schlechter mit Blut, also mit Nährstoffen und Sauerstoff versorgten Zellen gestört sind. Mit der Atemluft eingedrungene Krankheitserreger (Tröpfcheninfektion) können sich so leichter festsetzen und zu einer Erkrankung führen.

Die Schleimhaut eines widerstandsfähigen, abgehärteten Menschen dagegen reagiert auf den Kältereiz schnell mit einer Mehrdurchblutung und einer Steigerung ihrer Abwehrfunktion, wodurch die eingedrungenen Keime bald abgetötet werden. So beginnt z. B. die Nase zu laufen, d. h. die Nasenschleimhaut sondert vermehrt Flüssigkeit ab, dadurch werden eingeatmete Krankheitskeime hinausgespült , bevor sie sich festsetzen können.

Frischlufttraining der Schleimhäute

Eine weitere Aufgabe der Schleimhäute der oberen Atemwege

ist es, die eingeatmete Luft zu erwärmen und anzufeuchten. Das ist notwendig, weil die unteren Abschnitte der Luftwege, die kleinsten Bronchien und die Lungenbläschen sehr empfindlich sind und durch zu kalte und zu trockene Luft schwer geschädigt würden. Aus diesem Grund ist es wichtig, besonders bei beschleunigter Atmung – also z.B. beim Sport – auf eine richtige Atemtechnik zu achten. Nur beim Einatmen durch die Nase kann die Luft ausreichend erwärmt und angefeuchtet werden.

Um diese Aufgabe erfüllen zu können, müssen die Schleimhäute des Nasen-Rachen-Raumes bei Änderungen der Temperatur oder des Feuchtigkeitsgehaltes der Außenluft sehr schnell mit einer Änderung der Wärme- oder Wasserabgabe reagieren. Dazu ist eine schnelle Anpassung der Durchblutung an den jeweiligen Bedarf erforderlich. Die Fähigkeit, mit solchen Durchblutungsänderungen zu reagieren kann man trainieren. Neben dem regelmäßigen Aufenthalt an der frischen Luft – mehrmals täglich – gibt es einige gezielte Trainingsübungen = Abhärtungsmaßnahmen für die Schleimhäute: Kalte Gesichtswaschungen oder -güsse (s. S. 69), Mundschleimhautbürstungen (s. S. 70).

Säuglinge, die ja noch keinen „Sport“ an der frischen Luft treiben können, sollten aus o. g. Gründen regelmäßig spazieren gefahren (oder – falls Sie eine Tragevorrichtung benutzen – getragen) werden bzw. im Freien schlafen.

Ausreichender Schlaf

Schlaf zur Regeneration der Energie nötig

Jeder Mensch, auch schon ein kleines Kind, benötigt zur Regenerierung = Erneuerung seiner in den Aktivitätsphasen des Wachseins verbrauchten Energie eine bestimmte Menge Schlaf. Ein Kind muß, um sich gesund entwickeln zu können, die Gelegenheit haben, täglich unter den dazu erforderlichen ruhigen Bedingungen seinem individuellen Bedarf entsprechend oft und lange genug zu schlafen.

Nachtschlaf

– *Nachtschlaf:* Besonders wichtig ist ein ausreichend langer, ungestörter Nachtschlaf. Dazu wird ein ruhiger, nicht zu warmer, gut gelüfteter Raum sowie eine entspannte Atmosphäre in der Familie benötigt, in der sich das Kind geborgen und sicher fühlt und in der es keine Ängste entwickelt.

Jenseits des Säuglingsalters ist es zur Stabilisierung der Infektwiderstandsfähigkeit des Kindes empfehlenswert, das Kind daran zu gewöhnen, daß es bei leicht geöffnetem Fenster schläft. Zugluft, eine zu starke Abkühlung der Raumtemperatur und Geräuschbelästigungen durch Straßenlärm, sind dabei natürlich zu vermeiden.

Richtige Schlafbekleidung

Richtige Schlafbekleidung (keine Kunstfaser, möglichst Baumwolle) und eine der Raumtemperatur angepaßte Zudecke sind erforderlich, um Auskühlungen zu verhindern. Besonders in der Zeit nach Mitternacht, wenn der Stoffwechsel am stärksten reduziert ist und die geringste Wärmemenge gebildet wird, sollten Sie auf eine ausreichende Bedeckung des Kindes achten. Wenn kleine Kinder bei offenem Fenster schlafen, kann es empfehlenswert sein, ihnen nachts eine leichte Leinen- oder Baumwollmütze aufzusetzen.

Aber: Besonders Säuglinge sollten nachts auch nicht zu warm angezogen oder eingepackt werden. Sie müssen sich notfalls freistrampeln können, damit es z. B. bei plötzlich auftretendem Fieber nicht zu einem Hitzestau kommen kann - also keine dicken Schlafsäcke verwenden!

Kinder brauchen auch Tagesschlaf

– *Tagesschlaf:* Auch am Tage sollte das Kind so oft und so lange es müde ist unter den o. g. ruhigen Bedingungen schlafen können. Die Kinder gehen in sehr unterschiedlichem Alter von zunächst 3 auf 2 und dann zu einer Tagesschlafphase über. Im 2. Lebensjahr sollte man aber allen Kindern noch die Möglichkeit geben, zweimal am Tage zu schlafen. Beim Tagesschlaf ist ebenfalls auf frische Luft im Schlafraum zu achten.

Freiluftschlaf

– *Freiluftschlaf:* In der warmen Jahreszeit kann man Kinder auch im Freien schlafen lassen – natürlich im Schatten!

Freiluftschlaf auch in der kälteren Jahreszeit bei entsprechender Witterung, kann für Kinder, die allmählich daran gewöhnt wurden, eine gute Abhärtungsmaßnahme sein. Hier ist es besonders wichtig, auf entsprechende Kleidung einschließlich Kopfbedeckung zu achten und das Kind gut einzupacken.

Schlafbedarf individuell unterschiedlich

– *Schlafdauer:* Wieviel Schlaf ein Kind benötigt, ist individuell sehr unterschiedlich. Verschiedentlich angegebene Zahlen können immer nur ungefähre Richtwerte sein (s. Tab. 2). Einzelne Kinder kommen mit deutlich weniger Schlaf aus, andere schlafen länger, wenn man sie läßt. Entscheidend für die Frage ob ein Kind genug schläft, ist immer sein Wohlbefinden und sein Gedeihen.

– *Konstante Schlafzeiten:* Neben der Schlafdauer ist die Einhaltung einmal angewöhnter Schlafenszeiten wichtig. Die Lebens-

Feste Schlafenszeiten wichtig

funktionen des menschlichen Organismus sind recht fest an einen 24-Stunden-Rhythmus gebunden. Wenn man oft von diesem Tagesrhythmus abweicht, den Kindern ungewohnte Schlafenszeiten aufzwingt, kann es bei ihnen zu recht erheblichen Störungen des Wohlbefindens kommen, u. a. auch zu Schlafstörungen.

Tabelle 2 Schlafdauer und Zahl der Tagesschlafperioden bei Hauskindern nach D. Schmidt, W. Kehnscherper, W. Pössel (Informationsbulletin 1979 der Gesellschaft für Pädiatrie der ehemaligen DDR – Sektion Kinder- und Jugendgesundheitsschutz)

Alter	Gesamtschlafdauer (24 Stunden)	Anteil der Kinder (in %) mit jeweils 0	1	2	3	4 Tagesschlafperioden
3 Monate	13 – 20 Stunden	–	3	23	68	6
6 Monate	12,5 – 19 Stunden	–	7	40	50	3
1 Jahr	12 – 17 Stunden	–	35	60	5	–
2 Jahre	11,5 – 16 Stunden	–	85	15	–	–
3 Jahre	11 – 15 Stunden	5	90	5	–	–

Schlafstörungen

Schlafstörungen

Sie treten mindestens bei jedem vierten Kleinkind auf; sie sind für viele Eltern ein Problem und können sich schnell negativ auf das gesamte Familienklima und die gesunde Entwicklung des Kindes auswirken.

Bei Kleinkindern meist Durchschlafstörungen

– *Durchschlafstörungen* sind die bei Säuglingen und Kleinstkindern am häufigsten zu beobachtenden Schlafprobleme.

Der Schlaf verläuft bei allen Menschen in Zyklen, wobei sich Tiefschlafphasen mit Phasen leichteren Schlafes abwechseln. Aus den letzteren kann das Kind leicht aufwachen. Wenn ein Kleinkind aus einer solchen Leichtschlafphase aufwacht, sitzt bzw. steht es meistens friedlich im Bett und will spielen oder beschäftigt werden. Dazu sollten Sie als Eltern sich aber nicht verleiten lassen, weil das sonst schnell zu einer festen Gewohnheit mit einem falschen Tag-Nacht-Rhythmus werden kann.

Alptraum

Schwieriger ist es, ein Kind zu beruhigen, das nachts – meist gegen Ende der Nacht – aus einem *Alptraum* weinend aufwacht.

Nachtschreck

Als besonders beunruhigend erscheint den Eltern in der Regel der *Nachtschreck*. Dabei weckt das Kind meist am Anfang der Nacht, nach der ersten Tiefschlafphase plötzlich schreiend und zitternd auf, erkennt oft die Eltern nicht, schläft aber meistens schnell wieder ein und kann sich am nächsten Tag oft an nichts erinnern.

Schlafwandeln, Zähneknirschen, Sprechen im Schlaf sind weitere Schlafstörungen, meist ohne Krankheitswert.

Bettnässen

Problematischer ist da schon das *nächtliche Einnässen* bei älteren Vorschulkindern. Wenn es nach einer längeren Zeit nächtlicher Trockenheit auftritt, sollten Sie sich mit ihrem Kinderarzt beraten.

Einschlafstörungen öfter bei älteren Kleinkindern

– *Einschlafstörungen* treten häufiger bei älteren Kleinkindern auf. Diese Kinder können nicht richtig abschalten, d. h. von der Tagesaktivität zur Nachtruhe. Sie liegen wach und ängstigen sich, sie schaukeln mit dem Kopf oder dem ganzen Körper oder sie stehen ständig wieder auf und melden sich bei den Eltern.

Diese Probleme kann man in der Regel durch die Einführung eines festen Zu-Bett-Geh-Rituals beheben und dadurch, daß der Schlafraum des Kindes so gestaltet ist, daß es sich nicht ängstigt und nicht alleingelassen fühlt, z. B. können Sie die Tür einen Spalt weit offen lassen, dem Kind ein Kuscheltier o. ä. mit ins Bett geben.

Vor dem Zu-Bett-Gehen sollten möglichst keine großen Mahlzeiten eingenommen werden. Es sollten keine aufregenden Geschichten vorgelesen oder erzählt werden. Das Kind sollte vorher nicht fernsehen (Krimi). Die Eltern sollten sich nicht im Beisein des Kindes streiten usw.

Keine Schlafmittel für Kinder

– *Schlafmittel oder Beruhigungsmittel* sind für Schlafstörungen bei Kindern in der Regel nicht empfehlenswert, oder wenn, dann nur auf ärztlichen Rat in besonderen Fällen.

Liebevolle Zuwendung – psychische Ausgeglichenheit

Gefühl der Geborgenheit wichtig

Für die gesunde körperliche Entwicklung des Kindes und damit für seine Stabilität gegenüber Infekten genauso wichtig wie ein ausreichender erquickender Schlaf ist eine harmonische, liebevolle Familienatmosphäre, in der es sich geborgen und behütet fühlt.

Feste Bezugspersonen

In den ersten 2–3 Lebensjahren benötigt jedes Kind eine besonders innige Bindung an eine möglichst geringe Zahl fester Bezugspersonen: Mutter, Vater, ältere Geschwister, Großeltern usw. Im Alter zwischen 1/2 und 2 Jahren verhalten sich fast alle Kinder Fremden gegenüber ablehnend und können sich nur schwer – möglichst in ständigem Kontakt mit einer vertrauten Pflegeperson – an für sie fremde Menschen gewöhnen. Das sollte man unbedingt berücksichtigen und falls sich die Notwendigkeit ergibt, die Lebensumstände des Kindes einschneidend zu verändern, dies langsam und schonend trainieren

Also: Bei einem evtl. nötigen *Krankenhausaufenthalt* sollte möglichst die Mutter (der Vater) das Kind begleiten, d. h., in der Klinik bleiben.

Langsam an fremde Menschen gewöhnen

Muß das Kind zu einer *Tagesmutter* in eine Kinderkrippe gegeben werden, sollte die Mutter anfangs mit immer kürzer werdenden Zeiten dabeibleiben. Ein vertrautes Kuscheltier o. ä hilft dem Kind in solchen Situationen und ihm muß klargemacht werden, daß die Trennung von derMutter nur befristet ist.

Die in der ehemaligen DDR übliche Unterbringung der meisten Kinder jenseits des ersten Lebensjahres in Gemeinschaftseinrichtungen (Kinderkrippen, Kindergärten) war weitgehend ökonomisch bedingt – die Mütter wurden als Arbeitskräfte gebraucht, aber es gab auch ideologische Gründe dafür. Trotz des meist guten Willens der Erzieherinnen, den Kleinen das Leben so optimal wie möglich zu gestalten, war das jedoch in Gruppen von z. T. über 20 Kindern nie möglich! Wegen der dabei gemachten negativen Erfahrungen, z. B. Störungen in der psycho-sozialen Entwicklung, erhöhte Infektanfälligkeit der Kinder – sollte man aber m. E. heute nicht „das Kind mit dem Bade ausschütten" und meinen, eine stundenweise tägliche „Fremderziehung" des Kleinkindes in einer (angemessen kleinen) Kindergruppe sei grundsätzlich nicht durchzuführen.

Krippenerziehung optimal gestalten

Bei entsprechend gestalteten äußeren Bedingungen sollte es doch möglich sein, einen geringen Prozentsatz von Kindern im Alter von 1 (besser 1 1/2) bis 3 Jahren, also vor dem üblichen Eintritt in einen Kindergarten, in entsprechenden Einrichtungen unterzubringen, wenn dies aus sozialen Gründen (z. B. bei alleinstehenden berufstätigen Müttern, Studentinnen usw.) erforderlich ist. (Und zwar nicht nur wie oft unterstellt wird aus „Karrieregründen" der Mutter, sondern auch zur sozialen Absicherung des weiteren Lebens des Kindes!)

Eine grundsätzliche Ablehnung dieser zeitlich begrenzten Gruppenerziehung von Kleinstkindern ist ideologisch genauso einseitig, wie die alte „sozialistische Krippenpolitik" der ehemaligen DDR. Und es ist besonders unverständlich, daß ein solcher Standpunkt meist von den Leuten vertreten wird, die sich gegen eine Liberalisierung des Schwangerschaftsabbruchs wenden.

Anforderungen an gute Krippen

Zu den *Anforderungen an eine optimale Tages-Fremd-Betreuung der Kleinstkinder* zähle ich u. a.: Kleine Gruppen von Kindern verschiedenen Alters, feste Bezugspersonen, angemessene Räumlichkeiten, nicht zu lange tägliche Verweildauer in der Einrichtung, anfangs den Bedürfnissen des einzelnen Kindes angepaßte, immer kürzer werdende Anwesenheit der Mutter (oder des Vaters, der Oma ...).

Zu beachten ist: Sollte es sich herausstellen, daß ein Kind mit der Aufnahme in eine solche Gruppe überfordert ist, muß man bereit sein, den Versuch abzubrechen und ihn erst nach einer gewissen Zeit des häuslichen Trainings, z. B. durch häufigere Besuche von oder bei „Fremden“, durch Teilnahme an einer „Krabbelgruppe“ o. ä. evtl. später zu wiederholen.

Probleme bei der Anpassung an eine Kindergruppe

Eines sollten aber die Eltern wissen: Auf jeden Fall ist damit zu rechnen, daß ein Kind, besonders aus einer Kleinfamilie, das neu in eine Gemeinschaftseinrichtung kommt erst einmal vermehrt Infekte haben wird. Die vermehrten Kontakte mit „erkälteten“ Kindern sind dafür verantwortlich. Das kann aber auch der Fall sein, wenn es erst mit 3–4 Jahren im Kindergarten oder mit 6–7 Jahren nach der Einschulung häufiger mit vielen anderen Kindern zusammenkommt.

Emotionale Zuwendung auch für Säuglinge wichtig!

Ansprache und Körperkontakt für Säuglinge wichtig

Schon der ganz junge Säugling benötigt für seine gesunde Entwicklung nicht nur eine optimale Ernährung und Körperpflege, sondern auch viel liebevolle Zuwendung und Ansprache. Richtig, auch sprechen muß die Mutter bereits mit ihrem Säugling. Schon mit dem Neugeborenen sollte sie es tun, denn lange bevor es das Gesicht der Mutter erkennt, kennt es ihre Stimme und empfindet es als angenehm, sie zu hören. Genau so wichtig ist für den jungen Säugling der häufige Körperkontakt zur Mutter (oder zum Vater usw.).

Schreien ist nicht gleich Hunger

Nicht immer, wenn ein Säugling schreit, tut er dies weil er Hunger hat, wie anfangs manche unerfahrenen Eltern glauben. Oft ist es einfach nur das *Kontaktbedürfnis,* d. h., das Kind möchte aufgenommen werden und die Mutter (oder eine andere Bezugsperson) körperlich spüren. Das ist für sein Wohlbefinden sehr wichtig.

Säugling – Tragling

Von der Natur ist ja nicht vorgesehen, daß der menschliche Säugling stundenweise sich selbst überlassen bleibt. Eigentlich ist der kleine Mensch in diesem Alter auch ein Tragling, d. h., er befindet sich in einer entsprechend frühen Entwicklungsstufe der Menschheit normalerweise ganztags am Körper der Mutter. Entwicklungsgeschichtlich gesehen ist für uns diese Zeit noch nicht allzulange her (bei einigen wenigen „Naturvölkern" ist es heute noch so üblich) und deshalb sind die entsprechenden Instinkte bei unseren Kleinkindern noch nicht abgebaut. Das „moderne" Menschenkind muß erst lernen, die Zeit der körperlichen Trennung von der Mutter zu ertragen.

Dazu gibt es einige *Ersatzbefriedigungen,* die ihm einen Körperkontakt zur Mutter vortäuschen sollen, wie das Schaukeln der Schlafstatt (im sich bewegenden Kinderwagen schlafen viele Säuglinge besser als im stillstehenden Bettchen) oder das Nuckeln an einem Schnuller bzw. am Daumen als Ersatz für die Mutterbrust.

Junge Säuglinge nicht disziplinieren

Also: Ein unruhiger, weinender Säugling muß auf den Arm genommen oder durch Berührung, Ansprache, Schaukeln o. ä. besänftigt werden. Man sollte ihn keinesfalls schreien lassen in der falschverstandenen „pädagogischen" Absicht, ihn dadurch rechtzeitig an Disziplin und Ordnung zu gewöhnen, was gelegentlich von „aufgeklärten, konsequenten" Zeitgenossen empfohlen wird.

Vermeidung von Risikofaktoren

Zur gesunden Lebensweise als einer wichtigen Voraussetzung für die Verbesserung der Widerstandsfähigkeit des menschlichen Organismus gegen Erkrankungen sind neben der Beachtung der bereits beschriebenen Punkte aber auch die Vermeidung bestimmter Risikofaktoren wichtig. Auch wenn ich mich dabei teilweise wiederhole, will ich hierzu einige wichtige Gesichtspunkte aufzählen:

Vermeiden Sie es, Ihr Kind unnötig gesundheitlichen „Streßsituationen" auszusetzen. Dazu folgen einige Beispiele.

Völlerei

Keine Überfütterung

Jede Überlastung des kindlichen Verdauungssystems durch vermehrten Genuß von Süßspeisen, Obst, Braten o. ä. z. B. bei Festlichkeiten oder Familienfeiern kann schnell zu Brechdurchfällen führen.

Das Ausprobieren ungewohnter Nahrungsmittel ist besonders bei jungen Säuglingen nicht ganz ungefährlich.

Ein Säugling benötigt keine abwechslungsreiche Kost. Eine vollwertige Ernährung, an die er gewöhnt ist, muß nicht variiert werden, nur „damit das Kind auch mal auf einen anderen Geschmack kommt“.

Welche Schäden durch den ständigen übermäßigen Genuß von Süßigkeiten, gezuckertem Tee usw. entstehen können, habe ich auf Seite 46 bereits beschrieben.

Grobe Störungen des gewohnten Tagesablaufs

Kleinkinder brauchen gewohnten Tagesablauf

Sie können ein Kleinkind erheblich beeinträchtigen und neben Unruhezuständen und Schlafstörungen auch zu einer Minderung der Widerstandskräfte führen.

Also: Lange abendliche Feiern oder weite bzw. langdauernde Reisen mit Kleinkindern sollte man besser vermeiden. Für sie ist eine Reise an die nahe Nord- oder Ostsee oder an einen Binnensee meistens erholsamer als eine Fernreise in heiße südliche Länder. Bei letzterer kommen auch noch die Klimabelastung sowie die Gefahren durch die ungewohnte Ernährung dazu.

Intensive Sonnenbestrahlung bzw. Hitzebelastung

Sonnenbrand und Hitzestich können lebensgefährlich sein

Beide können für ein Kleinkind sehr unangenehm, ja gefährlich werden. Schwere Sonnenbrände treten besonders leicht bei blonden, hellhäutigen Kindern auf und können lebensgefährlich werden, da sie meist mit einer Überhitzung kombiniert sind. Ein Sonnenstich bzw. Hitzeschaden kann zu Kollapszuständen und zu Krämpfen führen.

Also: Übermäßige Sonneneinwirkung bei Kleinkindern unbedingt vermeiden. Auf Sonnenhut, leichte Kleidung, ausreichende Flüssigkeitszufuhr achten, wenn Sie mit Ihrem Kleinkind an den Strand fahren.

Psychische Streßsituationen

Liebesentzug ist eine Form der Mißhandlung

Ein vor dem Kind laut ausgetragener Ehestreit der Eltern, ständiges lautes Anschreien oder körperliche Züchtigung des Kindes oder Liebesentzug – immer noch von vielen für bewährte Erziehungsmaßnahmen gehalten – können bei Kleinkindern schwere seelische Schäden und auch körperliche Beschwerden (Bauchschmerzen, Schlafstörungen) auslösen.

Rauchen

Rauchende Eltern – Bronchitisrisiko

Der ständige Aufenthalt eines Kindes in einer verqualmten elterlichen Wohnung kann schnell zu einem schweren Dauerstreß für seine empfindlichen Atmungsorgane werden. Der Qualm schädigt die Funktionsfähigkeit der Schleimhautoberflächen. Auf diesen geschädigten Schleimhäuten können sich dann Krankheitserreger leichter festsetzen. Kinder aus Raucherfamilien leiden daher häufiger an Bronchitis u. a. Atemwegserkrankungen.

Dazu kommt noch die negative Vorbildwirkung der elterlichen Qualmerei auf das Kind. Kinder aus Raucherfamilien werden später öfter selbst zu Rauchern als Kinder, deren Eltern nicht rauchen.

Abb. 2 Rauchen ist gesundheitsschädlich, auch das passive Mitrauchen der Kleinkinder, deren Atemwege sehr empfindliche Schleimhäute haben. Außerdem hat es eine negative Vorbildwirkung für das Kind.

Nebenbei möchte ich hier daran erinnern, daß eine rauchende werdende Mutter durch dieses „Laster" ihr ungeborenes Kind u. U. schwer schädigen kann und daß eine stillende Mutter, die raucht, die Giftstoffe aus den Glimmstengeln mit der Muttermilch an ihren Säugling weitergibt.

Also: Rauchen – nein Danke!

Fernhalten von Ansteckungsquellen

In Grippezeiten sollten Sie sich mit Ihrem Kleinkind nicht unnötig in größere Menschenansammlungen stürzen. Direkte Kontakte zu allen infektiös erkrankten Verwandten, Freunden usw. sind selbstverständlich ebenfalls zu vermeiden.

Erkältungen immer ansteckend – Kontakte vermeiden

Dabei sollten Sie bedenken, daß nicht nur die unter der Bezeichnung „Infektionskrankheiten " bekannten Erkrankungen, wie

Abb. 3 Besuche bei oder von „erkälteten" Verwandten oder Freunden vermeiden

Masern, Scharlach, Röteln, Mumps, Windpocken, Keuchhusten usw. ansteckend sind, sondern fast alle „Erkältungskrankheiten", also jeder Husten oder Schnupfen. Aber auch hinter den meisten Magen-Darm-Verstimmungen, die mit Erbrechen und Durchfall einhergehen, verbirgt sich eine Infektion.

Eitrige Augen – besser Bindehaut-Entzündungen oder eiternde Hauterkrankungen sind ebenfalls durch Berührung ansteckend.

Liebe Eltern!

Sicher haben Sie sich gewundert, daß ich mich so lange bei Themen aufgehalten habe, die eigentlich mehr die Psyche des Kindes bzw. seine soziale Umwelt betreffen.

Diese Bereiche sind aber für die gesunde körperliche Entwicklung des Kindes, also auch für seine Widerstandsfähigkeit gegenüber Infekten genauso wichtig wie die Gestaltung der äußeren, physikalischen Lebensumstände.

Nun möchte ich aber endlich auf einige einfache Maßnahmen zu sprechen kommen, mit denen Sie Ihr Kind äußerlich abhärten können.

Kleinkindgerechte spezielle Abhärtungsmaßnahmen

Abhärtung beugt Störungen des Wärmehaushaltes vor

Die folgenden Abhärtungsmaßnahmen dienen ebenso wie die regelmäßige Bewegung an der frischen Luft, in erster Linie dazu, Störungen in der Temperaturregulation, bzw. im Wärmehaushalt des Körpers zu vermeiden bzw. zu beheben.

Für die Aufrechterhaltung aller Körperfunktionen, besonders der komplizierten biochemischen Stoffwechselvorgänge, ist eine konstante Temperatur wichtig, die im Körperinneren bei etwa 37 °C liegt, in den äußeren Körperteilen an der Haut auch tiefer, an den Händen z. B. unter 30 °C. Die Temperatur des Körperinneren muß bei sehr unterschiedlichen Außentemperaturen aufrechterhalten werden. Dazu ist ein komplizierter Steuermechanismus erforderlich, bei dem Wärmebildung, besonders in den inneren Organen und in den Muskeln, und Wärmeabgabe über die Haut, wechselseitig ineinandergreifen.

Temperaturregulation oft gestört

Die Regulationsfähigkeit des Wärmehaushalts ist bei uns oft gestört, weil wir die für die Aufrechterhaltung dieser Funktionen notwendigen Trainingsreize weitgehend ausgeschaltet haben und uns besonders in der kalten Jahreszeit überwiegend bewegungsarm in zu warmen Räumen aufhalten. Wenn wir uns dann doch einmal der kühleren Witterung aussetzen, hat unsere Temperaturregulation inzwischen „verlernt", richtig darauf zu reagieren. Diese Reaktionsfähigkeit wollen wir durch die nun folgenden Übungen verbessern.

Aber: Hier möchte ich ausdrücklich betonen, daß solche *Abhärtungsmaßnahmen nicht als Ersatz* für eine Erfüllung der o. g. Anforderungen an die *gesunde Lebensweise* anzusehen sind, sondern nur als Ergänzung dazu!

Abhärtung kein Ersatz für gesunde Lebensweise

Welche Abhärtungsmaßnahmen für ihr Kind besonders geeignet sind, lassen Sie sich bitte von Ihrem behandelnden Arzt sagen. Er wird Ihnen – falls erforderlich – dafür auch noch eine besondere Anleitung geben.

Einige milde, bei gesunden Kindern auch ohne besondere ärztliche Anweisung jederzeit empfehlenswerte Maßnahmen zur Abhärtung, will ich Ihnen jetzt kurz erläutern.

Luftbäder

Luftbäder kann jeder machen

Eine ganz einfache, leicht durchzuführende Abhärtungsmaßnahme sind Luftbäder: Lassen Sie Ihr Kind, wenn es gut durchwärmt ist, täglich 1 bis 2mal einige Minuten nackt im Zimmer herumtoben, aber möglichst mit warmen Socken oder Hausschuhen bekleidet. Eventuell können dabei auch zur besseren Durchblutung der Haut Streich- oder Bürstenmassagen durchgeführt werden. Nach einiger Gewöhnung an dieses unbekleidete Herumtoben bzw. bei älteren Kindern gemeinsam mit den Eltern durchgeführte Gymnastik, kann man dies dann auch bei geöffnetem Fenster betreiben. Aber beobachten Sie Ihr Kind dabei gut, es darf selbstverständlich nicht frieren bzw. frösteln und nicht fühlbar auskühlen.

Noch besser mit Gymnastik

Im Sommer können *Luft- und Sonnenbäder* am besten *im Freien* durchgeführt werden. *Aber Vorsicht beim Sonnenbaden,* besonders blonde, hellhäutige Kinder nie zu lange in der Sonne lassen.

Nur kurze Sonnenbäder – Vorsicht bei blonden Kindern

Säuglinge sollten überhaupt nicht direkter Sonnenbestrahlung ausgesetzt werden. Für sie reicht schon die ultraviolette Streustrahlung aus, die auf ihren Körper trifft, wenn sie z. B. im Schlagschatten einer Häuserwand stehen, also schattig aber mit dem klaren Himmel über sich – aber aufpassen, der Schatten wandert weiter!

Abb. 4 Luftbäder
Kinder zur Abhärtung unbekleidet – außer evtl. mit Schuhen oder Socken – einige Minuten im Zimmer herumtoben lassen. Sie müssen aber vorher gut durchwärmt sein. Nach Gewöhnung auch bei offenem Fenster möglich.

Trockenbürstungen/Bürstenmassagen

Bei Kindern mit der Neigung zu kalten Händen oder Füßen ist die Gefahr, daß sich ein Infekt festsetzt, besonders groß. Bei ihnen kann man täglich Arme und Beine trocken bürsten. Mit einer Bürste mit mittelharten Naturborsten oder einer weichen Massagebürste aus Kunststoff von den Händen bzw. Füßen aufsteigend zur Körpermitte über die Haut streichen, bis sie sich rosa verfärbt. Selbstverständlich darf die Haut dabei nicht aufgekratzt werden!

Bürstenmassagen

Auch Ganzkörperbürstungen von etwa 10 Minuten Dauer sind sinnvoll. Man sollte sie aber nicht am Abend durchführen, da sie sehr anregend wirken, das Einschlafen könnte danach erschwert sein.

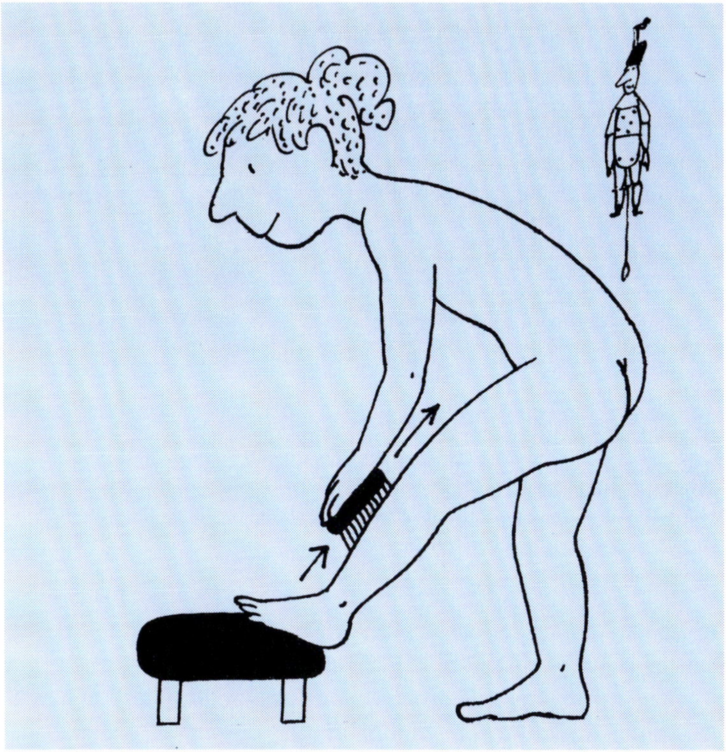

Abb. 5 Trockenbürstungen, Bürstenmassagen
Arme und Beine zur Körpermitte hin mit einer Massagebürste streichen bis die Haut rosa gefärbt ist (bei Kleinkindern durch eine Pflegeperson, ältere Kinder selbst die Massage durchführen lassen), Brust und Rücken leicht kreisend massieren

Teilbäder mit ansteigender Temperatur

– *Temperaturansteigende Fußbäder:* Sie wirken ebenfalls, bzw. noch etwas stärker als Trockenbürstungen, der Neigung zu kalten Füßen entgegen. Die Füße bis zur Wade ins Wasser tauchen, das „gerade warm“ (32–36 °C) sein soll, dann vorsichtig, heißes Wasser zugießen, bis nach ca. 15 Minuten eine Wassertemperatur von 39–42 °C erreicht ist. Dann die Füße kurz kalt begießen und kräftig abfrottieren.

Temperaturansteigende Fußbäder

Neben dem hier erwünschten Trainingseffekt haben die ansteigenden Fuß- bzw. Unterschenkelbäder auch noch eine positive, heilungsfördernde Wirkung bei Blasenentzündungen und chronischer

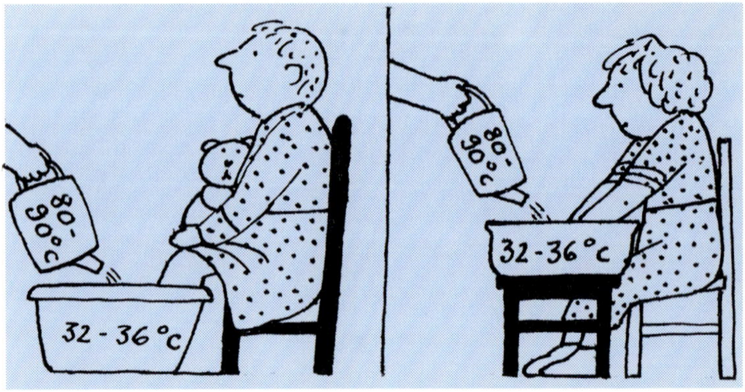

Abb. 6 Links: temperaturansteigendes Fußbad, rechts: temperaturansteigendes Unterarmbad
Wassertemperatur zu Beginn des Teilbades ca. 32-36 °C, durch Zugießen von heißem Wasser (Vorsicht vor Verbrühungen) innerhalb von 10–15 Minuten Temperatur auf 39–42 °C erhöhen, dann die Beine bzw. Arme kurz kalt abgießen und abfrottieren

Reizblase, da sie reflektorisch auch in den Organen des Unterbauches eine Verbesserung der Durchblutung bewirken.

Temperaturansteigende Unterarmbäder

– *Unterarmbäder mit ansteigender Temperatur:* Diese ohne viel Aufwand durchführbare Maßnahme ist besonders geeignet bei Kindern mit chronischer Bronchitis, und zwar sowohl zur Vorbeugung als auch zur Unterstützung der Behandlung. Die Methode ist die gleich wie bei den entsprechenden Fußbädern. Wichtig ist darauf zu achten, daß die Unterarme vollständig im Wasser liegen, die Oberarme aber nicht am Wannenrand abgequetscht werden (sonst kommt es zu einer Störung der Durchblutung). Das Kind sollte am besten mit einem Bademantel bekleidet sein, auf Warmhaltung der Füße muß unbedingt geachtet werden. Anschließend Arme kalt abgießen und frottieren, möglichst hinterher 1 Stunde ruhen.

Falls das ansteigende Unterarmbad vor dem Schlafengehen durchgeführt wurde, kann anschließend ein kalter Brustwickel angelegt werden (s. Abschnitt Brustwickel).

Einige Vorbemerkungen zu Kaltwasseranwendungen

Vorbeugende Kaltwasseranwendungen

Vorbeugende Kaltwasseranwendungen sind stärker wirkende Abhärtungsmaßnahmen, die – ich muß es nochmals betonen – nicht anstatt der gesunden Lebensweise, sondern nur als Ergänzung dazu angewandt werden dürfen.

Und noch 2 wichtige Regeln, die Sie unbedingt beherzigen sollten:

• Vor jeder Kaltwasseranwendung muß der Körper des Kindes völlig warm sein, besonders die Füße deshalb stets kontrollieren! Nie Kaltwasseranwendungen durchführen, wenn das Kind kalte Hände oder Füße hat.

• Kaltwasseranwendungen nur beim gesunden Kind durchführen (Ausnahme: verschiedene kalte Wickel).

Trockenbürstungen und Fußbäder mit ansteigender Temperatur, die als Vorbeugungsmaßnahmen regelmäßig durchgeführt werden, können Sie auch bei einem beginnenden Infekt fortsetzen, wenn das Kind kein Fieber hat.

Kaltwasser nur kurz anwenden, langsam daran gewöhnen

Die Kaltwasseranwendungen sollen jeweils nur einen *kurzen* Kältereiz darstellen. Dieser bewirkt eine Anregung des Sympathikus, jenes Teiles des vegetativen (für die unbewußt ablaufenden Körperfunktionen zuständigen) Nervensystems, der allgemein eine Steigerung der Lebensfunktionen bewirkt. Sie haben somit neben der Langzeitwirkung, dem Trainingseffekt, in der Regel auch eine akut belebende Wirkung. So wird durch ein morgendliches kaltes Duschbad die Umstellung des Körpers von der nächtlichen Entspannungsphase zur erforderlichen höheren Leistungsbereitschaft für den Tag gefördert.

Kalte Abgießungen nach einem warmen Bad

Kalte Abgießungen

Diese können Sie beim Säugling etwa ab 4. Lebensmonat anwenden.

WICHTIG. Das Kind allmählich an das kalte Wasser gewöhnen. Dazu nimmt man anfangs nur einen kleinen Becher (etwa 150 ml) Wasser von ca. 22 °C und gießt ihn je einmal über Brust und Rücken des Kindes. Im Laufe der nächsten Wochen kann das Wasser allmählich etwas kälter werden, bis etwa 15 °C, die Wassermenge kann gesteigert werden.

Man gießt dann bei dem etwas größeren Kind von den Beinen bzw. Armen beginnend zur Körpermitte hin je einmal vorn und hinten 1/2 Liter Wasser über das Kind. Aber nur, wenn es keine Angst hat und keine Abwehrreaktion zeigt. Ältere Kleinkinder, die

Abb. 7 Kalte Abgießungen nach warmem Bad
Säuglinge und Kleinkinder nach jedem warmen Bad mit ca. 22–15 °C kaltem Wasser kurz abgießen – etwa je 1/2–1 Liter über Rücken und Brust

rechtzeitig daran gewöhnt werden, haben oft ihren Spaß daran und übergießen sich gern selbst. Aber Vorsicht, dabei nicht übertreiben, denn das Kind darf dabei nicht auskühlen.

Kalte Waschungen

Kalte Waschungen

Kalte Waschungen mit anschließendem Trockenfrottieren sind für Kinder etwa ab 1-1 1/2 Jahren geeignet. Aber auch daran muß das Kind allmählich gewöhnt werden, z. B. nach folgendem Schema:

1. Woche – Oberkörper warm waschen, dann frottieren.
2. Woche – Oberkörper kalt abreiben, Wassertemperatur ca. 22 °C, Lappen vorher gut auswringen, Kind anschließend kräftig abfrottieren.

Abb. 8 Kalte Waschungen
Nach allmählicher Gewöhnung des Kindes an das kalte Wasser, täglich den Oberkörper mit einem triefnassen Waschlappen und Wassertemperatur von 20–15 °C abwaschen, anschließend gut abfrottieren

3. Woche – Oberkörper kalt, ca. 15 °C mit sehr nassem Lappen abwaschen, danach frottieren.

Außerdem das Kind nach jedem warmen Bad kalt abgießen (s. S. 65).

Täglich kalt duschen

Kaltes Duschen

Aber nur dann, wenn das Kind bereits an kaltes Wasser gewöhnt wurde und weder Angst noch Abwehrreaktionen zeigt. Davor bewahrt übrigens am besten die Vorbildwirkung der Eltern!

Zur allmählichen Gewöhnung an das kalte Duschen auch hier ein kurzes Schema:

1. Woche – Kind warm duschen, danach Oberkörper kurz kalt abwaschen.

Abb. 9 Tägliches kaltes Duschen
Kleinkinder allmählich an das kalte Wasser gewöhnen! Erst 2–3 Minuten warm duschen, dann kurz kalt überbrausen.

2. Woche – warm duschen, dann den ganzen Körper kurz kalt abwaschen.
3. Woche – warm duschen, dann kalte Güsse über Brust und Rücken, je 1/4–1/2 Liter Wasser von 20–15 °C.
4. Woche – warm duschen, ca. 2–3 Minuten, dann einmal kurz kalt duschen.

Die Wirkung von kalten Waschungen und kalten Duschen kann noch verstärkt werden, wenn das Kind anschließend nicht am ganzen Körper, sondern nur im Gesicht abgetrocknet wird. Vielmehr wickelt man es „tropfnaß" in ein Laken und legt es für etwa 20 Minuten ins *warme* Bett. Anschließend muß es kräftig trockengerieben werden.

Abb. 10 Links: kalte Gesichtswaschungen, rechts: kalte Gesichtsgüsse. Täglich – z. B. bei der Morgenwäsche – mit einem triefnassen Waschlappen 5–10mal (Wassertemperatur 22–25 °C, allmähliche Gewöhnung an kälteres Wasser) von oben nach unten über das Gesicht wischen, oder 1/2–3/4 Liter Wasser über das Gesicht gießen.

Kalte Gesichtswaschungen oder -güsse

Kalte Gesichtsgüsse

Sie können bei Kindern über 1 Jahr zur Verbesserung der Schleimhautfunktion von Nase und Rachen 2–3mal täglich durchgeführt werden: Mit einem triefnassen Waschlappen (leitungskaltes Wasser) 5–10mal kurz von oben nach unten über das Gesicht wischen, bis dieses rosig wird und/oder die Nase zu laufen beginnt.

Statt Waschungen können auch kalte Güsse vorgenommen werden, mit 1/2–3/4 Liter Wasser – bei Kleinkindern anfangs von ca. 20–22°C – ansonsten leitungskalt.

Anschließend wird das Gesicht trockenfrottiert.

Aber: Auch hierbei muß das Kind „ringsum" warm sein, einschließlich der Füße!

Kalte Gesichtswaschungen auch beim beginnenden Infekt

Die kalten Gesichtswaschungen können meistens auch bei einem beginnenden Infekt, z. B. bei einem einfachen Schnupfen, fortgeführt werden, aber nur wenn das Kind sie als angenehm empfindet. Bei einem dicken eitrigen Schnupfen, bzw. bei Verdacht auf eine Mitbeteiligung der Kieferhöhlen sollten sie nicht angewandt werden. Fragen Sie im Zweifelsfall Ihren Arzt!

In vereinfachter Form kann jeder diese Abhärtungsmaßnahme in die tägliche Körperpflege am Morgen und am Abend einbauen. Man nimmt dazu mehrfach beide zusammengelegte Hände voller kaltes Leitungswasser, taucht das Gesicht hinein und verteilt das

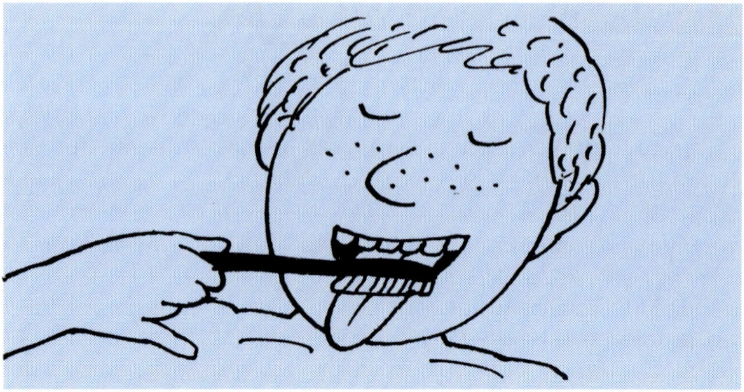

Abb. 11 Mundschleimhautbürstungen.
Beim Zähneputzen auch die Zunge und die Schleimhaut an Gaumen und Innenseite der Wangen mit der Zahnbürste behandeln, anschließend den Mund mehrfach mit kaltem Wasser ausspülen.

Wasser schnell darüber, einschließlich der Stirn bis zum Haaransatz. Anschließend wird gut abfrottiert.

Mundschleimhautbürstungen

Schleimhautbürstungen

Diese sind für Kleinkinder etwa ab 2 Jahren geeignet. Bei ihnen sollte beim täglichen Zähneputzen auch die Mundschleimhaut mit behandelt werden: Mit einer nicht zu harten Bürste werden Zahnfleisch sowie die Schleimhaut der Wangen, des harten Gaumens und besonders der Zunge gründlich gebürstet. Zungenbeläge sollen dadurch entfernt werden. Dabei besonders die hinteren Abschnitte der Zunge nicht vergessen. *(Aber Vorsicht: Keinen Brechreiz auslösen!)* Anschließend soll das Kind den Mund mit kaltem Wasser ausspülen und danach wenn möglich gurgeln.

Saunabesuche

Saunabesuch ab 2 Jahre

Regelmäßiger Saunabesuch wirkt sich auf unsere Gesundheit positiv aus. Auch bei Infektanfälligkeit der Atemwege ist dadurch in vielen Fällen eine Besserung zu erzielen.

Schon im Kleinkindalter, etwa ab 2 Jahren kann mit dem Saunabesuch begonnen werden. Kleine Kinder sollten allmählich daran gewöhnt werden. Sie sollten sich – nicht zu lange – nur auf der unteren Stufe im Saunaraum aufhalten. Die Zwischenabkühlungen müssen vorsichtig vorgenommen werden.

Weitere physikalische Maßnahmen

Auch einige der noch folgenden Maßnahmen sind für die prophylaktische (vorbeugende) Anwendung, zu empfehlen. Erwärmungsbad, Halswickel und Brustwickel sind nicht nur für den Krankheitsfall gut.

Immunmodulation mit Medikamenten

Medikamente zur Steigerung der Resistenz

In den letzten Jahren wird von verschiedenen Pharma-Firmen vermehrt für Präparate geworben, welche die körpereigenen Abwehrkräfte verstärken, anregen, intensivieren sollen. Dabei ist oft die Rede von Immunmodulation oder Immunprophylaxe.

In den meisten Fällen ist diese Bezeichnung nicht richtig, vielemehr soll mit diesen Mitteln in der Regel eine Verbesserung der unspezifischen Abwehrkräfte des Organismus, also eine Verbesserung der Resistenz, nicht der Immunität erreicht werden.

Zu diesem Zweck werden Extrakte aus bestimmten Pflanzen oder Bruchstücke bestimmter Mikroorganismen z. T. nach übertrieben genau festgelegten Therapieplänen meist über einen längeren Zeitraum eingenommen. Dadurch sollen im Abwehrsystem bestimmte Zellen aktiviert / moduliert werden, um eingedrungene Krankheitskeime besser vernichten zu können.

Nach meiner Kenntnis der entsprechenden Fachliteratur ist diese Wirkungsweise aus wissenschaftlich-immunologischer Sicht keinesfalls geklärt.

Praktische Erfahrungen sprechen aber dafür, daß solche Behandlungen durchaus erfolgreich sein können.

Medikamente keine Wundermittel

Auch wenn die positive Wirkung einer solchen medikamentösen Immunmodulation, wie von manchen Kritikern behauptet, eher dem mit der regelmäßigen Einnahme (so sie denn erfolgt) der betreffenden Mittel verbundenen allgemein gesundheitsbewußteren Verhalten zu verdanken ist, wird gegen einen derartigen Behandlungsversuch im Fall einer besonders ausgeprägten Infektanfälligkeit im allgemeinen nichts einzuwenden sein (abgesehen von der Kostenfrage), da den meisten dieser Mittel bei bestimmungsgemäßer Anwendung selbst von strengen Kritikern keine gefährlichen Nebenwirkungen nachgesagt werden können.

Dennoch gilt hier wie für jede andere medikamentöse Behandlung: *Nur nach ärztlicher Verordnung anwenden!*

Die Konsultation und Beratung durch Ihren Kinderarzt ist vor dem Beginn einer solchen Behandlung besonders wichtig, denn selbstverständlich muß zunächst das Vorliegen einer ernsteren, anderweitigen behandlungsbedürftigen Erkrankung ausgeschlossen werden. Außerdem gehört neben dem Verschreiben des Medikamentes auch noch eine Beratung über gesundheitsbewußteres Verhalten – speziell auf Ihr Kind bezogen, dazu.

Sinnvolle Behandlungsmaßnahmen bei Infekten

Nicht jeder Infekt muß mit Medikamenten behandelt werden, schon gar nicht gleich mit so „scharfen Geschützen" wie Chemotherapeutika oder Antibiotika, obwohl manche Eltern es immer wieder wünschen. Auf gar keinen Fall sollten Eltern ohne Anweisung eines Arztes ihrem Kind ein Antibiotikum verabreichen (z. B. Reste von einer früheren Behandlung).

Antibiotika verordnet nur der Arzt

Aber: wenn Ihr Arzt Ihnen für Ihr Kind ein Medikament verordnet hat, dann sollten Sie diese Behandlung nicht von sich aus vorzeitig abbrechen, sondern die Arznei regelmäßig zu den festgelegten Zeiten und in der angegebenen Dosierung dem Kind verabreichen. Eine unkorrekte Medikamenteneinnahme kann u. U. mehr schaden als nützen (s. S. 37).

Was tun, bevor man zum Arzt geht?

Da Sie, liebe Eltern, nun aber nicht zu jeder Tages- oder Nachtzeit zu Ihrem Kinderarzt oder zum diensthabenden Notarzt gehen bzw. fahren wollen, wenn sich bei Ihrem Kind die ersten Anzeichen eines Erkältungsinfektes bemerkbar machen, wollen Sie sicher wissen:

Was soll ich tun, bevor ich zum Arzt gehe, wenn bei meinem Kind ein fieberhafter Infekt beginnt?

Fieber

Bevor ich Ihnen einige nicht medikamentöse Behandlungsmaßnahmen bei Infekten erläutere, muß ich erst etwas ausführlicher auf das Stichwort „Fieber" eingehen. Ich habe es bisher unterlassen, weil ich es für richtig halte, darüber erst unmittelbar im Zusammenhang mit den Behandlungsmaßnahmen zu sprechen.

Was ist Fieber?

Der Normalwert der Körpertemperatur liegt zwischen 36,5 und 37,5 °C, im After gemessen. Temperaturen über 38 °C bezeichnet man für gewöhnlich als Fieber.

Bedeutung des Fiebers

Fieber wird bei einer Infektion vom Körper „absichtlich" erzeugt. Es ist eine von vielen Abwehrmaßnahmen.

Fieber eine Abwehr-reaktion

Dazu wird zunächst im Gehirn, in jenen Bereichen, welche die unbewußten Körperfunktionen steuern, – genauer: im Temperatur-Regulationszentrum, ein höherer Sollwert für die Körpertemperatur eingestellt.

Um den nötigen Temperaturanstieg zu erreichen geschieht folgendes:

– Der Stoffwechsel wird angeregt, es wird *mehr Wärme erzeugt*, z. B. durch Muskelzittern = Schüttelfrost.

– Gleichzeitig wird die Körperperipherie weniger durchblutet, um die *Wärmeabgabe des Organismus zu verringern.*

Als Eltern wundern Sie sich darüber, daß Ihr fieberndes Kind eiskalte Hände und Füße hat.

Wie wirkt das Fieber?

Fieber hemmt die Vermehrung der Krankheitserreger, aktiviert bestimmte weiße Blutzellen in ihrer Abwehrtätigkeit und fördert die Produktion von Interferon, einer Substanz, die u. a. die Fähigkeit der Körperzelle verbessert, sich gegen das Eindringen von Viren zu wehren.

Fieber ist bei einem Infekt *eine sinnvolle Abwehrmaßnahme* des Körpers. Außerdem ist es ein gutes Warnsignal, das uns anzeigt, daß eine Krankheit „im Anzug" ist.

Zu hohes Fieber kann schaden

Leider hat sehr hohes Fieber aber auch einige *schädliche Nebenwirkungen.* Es belastet den Stoffwechsel und das Herz-Kreislauf-System und kann bei dazu veranlagten Säuglingen und Kleinkindern Krämpfe auslösen, die, wenn sie länger anhalten, das Gehirn schädigen können.

Richtiges Verhalten bei Fieber

Was tun bei Fieber?

Wie soll man sich beim Auftreten von Fieber bei einem Säugling oder Kleinkind verhalten?

Das Kind braucht Ruhe

• Das Kind *ruhigstellen (Bettruhe)*, gut beobachten. Die Körpertemperatur in Abständen von etwa 1–2 Stunden kontrollieren.

Bei jeder Erkrankung benötigt der Organismus viel Kraft für die Auseinandersetzung mit den Krankheitserregern und zur Reparatur der gestörten Körperfunktionen. Deshalb ist es wichtig, daß er in dieser Situation nicht unnötig belastet wird. Also: Das kranke Kind muß ruhen!

• *Während des Fieberanstiegs* das Kind *warmhalten* aber Hitzestauungen vermeiden.

Kind nur anfangs warmhalten

Deshalb jetzt noch keine wärmeableitenden Maßnahmen beginnen, da sonst der Organismus veranlaßt ist, noch mehr Wärme durch Muskelzittern (Schüttelfrost) erzeugen, um den angestrebten höheren Temperaturwert zu erreichen. Sie merken, daß sich der Körper Ihres Kindes noch um einen Temperaturanstieg bemüht u. a. daran, daß Hände und Füße kalt sind und das Kind fröstelt oder zittert.

• Wenn die Körpertemperatur auf Werte *über 39 °C* angestiegen ist und Hände und Füße warm sind (!) können Sie mit *fiebersenkenden Maßnahmen* beginnen.

Ab 39 °C fiebersenkende Maßnahmen

Kindern mit bekannter Neigung zu Fieberkrämpfen sollte man bereits bei Temperaturen über 38 °C spezielle fiebersenkende und krampfhemmende Medikamente verabreichen – selbstverständlich nach ärztlicher Anweisung!

• *Wenn Fieber über 40 °C sich nicht innerhalb von 2–3 Stunden senken läßt, muß das Kind in die Klinik gebracht werden!*

Fiebersenkende Maßnahmen

Für Kleinkinder sind folgende Maßnahmen zur Senkung hohen Fiebers geeignet:

Fiebersenkende Maßnahmen

• *Verbesserung der natürlichen Wärmeabgabe:* Das Kind weitgehend entkleiden (aber nur wenn es nicht friert und rundherum warm ist), Füße und Schultern warmhalten, evtl. mit einem dünnen Tuch bedecken, oder auch nur das Kind mit freiem Bauch liegen lassen. Wenn es im Zimmer sehr warm ist, durch Fächeln für etwas Abkühlung der Körperoberfläche sorgen.

Wärmeabgabe verbessern

• *Kalte Wadenwickel* durchführen, *aber nur, wenn die Füße richtig warm sind.* Dabei dem Kind möglichst dicke Socken anziehen. Wenn die Füße kalt werden, die Wadenwickel nicht weiter fortführen!

Kalte Wickel

Ausführung der Wadenwickel: Man nimmt am besten 2 große Waschlappen, die man kalt und gut naß um die Unterschenkel wickelt, außen herum je ein kleines Handtuch. Nach etwa 10 Minuten, wenn die Wickel sich erwärmt haben, werden sie erneuert – wenn die Füße noch warm sind.

Ist die Körpertemperatur des Kindes bis etwa 38,5 °C gesunken, wird diese fiebersenkende Maßnahme nicht weiter fortgesetzt. Die letzten Wickel kann man länger dranlassen, sie haben auch eine beruhigende und kopfschmerzlindernde Wirkung.

Bei fiebernden Säuglingen und Kleinkindern *mit kalten Füßen* darf man *keine kalten Wadenwickel* machen. Ihnen legt man besser eine große kalte Kompresse auf Bauch und Brust: z. B. eine zusammengelegte Stoffwindel in 20 °C kaltem Wasser gut angefeuchtet aber nicht triefnaß) so auflegen, daß die untere Hälfte des Brustkorbes und der Bauch bis kurz unterhalb des Nabels bedeckt sind; seitlich sollte die Kompresse bis zum Rücken reichen oder um das Kind herumgewickelt werden.

(Über Brustwickel auch zur Fiebersenkung s. S. 83 – 84).

Viel trinken

• Dem fiebernden Kind *kühlen Tee* zu trinken geben, aber besonders bei Neigung zum Erbrechen, nur in kleinen Einzelmengen.

Wenig essen

• Einem Kind mit Fieber aber *keine Nahrung aufdrängen,* auch bei erhaltenem Appetit sollte man möglichst nur kleine Mengen leicht verdaulicher Speisen anbieten (s. S. 78).

Fieberzäpfchen

• Falls erforderlich können Sie dem Kind aber ein für sein Alter bzw. für sein Körpergewicht geeignetes *Fieberzäpfchen* geben, möglichst eines, das es früher mal vom Arzt verordnet bekam.

Fieberverlauf bei Infekten

Das Fieber ist nur ein Krankheitszeichen, nicht die Krankheit selbst, h. d., wenn das Fieber gesenkt ist, bedeutet das noch nicht, daß Ihr Kind nun wieder gesund ist.

Sie sollten von der Anwendung einer fiebersenkenden Maßnahme oder auch von einem Arztbesuch (!) nicht erwarten, daß danach das Fieber endgültig gesenkt und das Kind nun sofort wieder genesen ist. Der Körper benötigt für die Auseinandersetzung mit einem Infekt schon etwas Zeit.

Normaler Verlauf eines fieberhaften Infektes

Bei normalem Verlauf eines fieberhaften Virusinfektes ist damit zu rechnen, daß etwa 2–3 Tage lang die Körpertemperatur stärker erhöht ist (bis 40 °C und teilweise auch darüber) und dann schnell wieder auf Normalwerte zurückgeht.

Meist ist in den Abendstunden das Fieber deutlich höher als vormittags.

Temperaturanstieg nach Belastung

In der Rekonvaleszenzphase (Erholungszeit nach einer Erkrankung) beobachtet man oft – besonders bei sehr lebhaften Kindern – daß die Temperatur am Tage zwar normal, abends aber noch auf Werte um 38 °C erhöht ist. Das liegt an der körperlichen Aktivität, die in dieser Zeit eher zu einer Temperaturerhöhung führt, als in ganz gesunden Tagen, wo übrigens auch eine Temperaturdifferenz von etwa 0,5 °C zwischen früh und abends zu beobachten ist. Wenn man aber am Abend nach einer Stunde Ruhezeit nochmals die Temperatur mißt, findet man meist einen normalen Wert.

So eine deutliche Temperaturerhöhung nach lebhafter Bewegung sollte als Hinweis darauf gewertet werden, daß das Kind zwar nicht mehr richtig krank ist, (vorausgesetzt, es liegen keine anderen Krankheitszeichen vor), aber auch noch nicht wieder richtig gesund. Es muß sich von der gerade überstandenen Erkrankung erst noch erholen, dazu ist noch eine gewisse „Schonzeit" erforderlich.

„Zahnfieber"

Gibt es Zahnfieber?

Sehr weit verbreitet ist die Meinung, der Zahndurchbruch würde Fieber verursachen. Diese Ansicht läßt sich aber wissenschaftlich nicht beweisen.

Sie mag folgende Ursachen haben:

Im Alter zwischen 1/2 und 2 1/2 Jahren brechen beim Kleinkind fast ständig irgendwelche Zähne durch. Im gleichen Alter haben Kleinkinder aber auch häufig fieberhafte Infekte. Beide Ereignisse treffen naturgemäß oft zusammen und täuschen so einen ursächlichen Zusammenhang vor.

Eine medizinisch-wissenschaftliche Theorie meint heute dazu, daß der Zahndurchbruch beschleunigt wird, wenn das Kind einen fieberhaften (Virus-)Infekt durchmacht, der mit Krankheitssymptomen, wie Schnupfen, Husten, Erbrechen, Durchfall u. a. einhergehen kann, aber nicht muß. Das heißt, es treten auch immer wieder Virusinfekte auf, bei denen Fieber und eine Störung des Allgemeinbefindens die einzigen Krankheitszeichen sind. Wenn sich dann während eines solchen Infektes ein neues Zähnchen zeigt, dann heißt es schnell: Das Kind hat Zahnfieber.

Warum schreibe ich so ausführlich darüber?

Weil ich Sie davor warnen möchte, durch die falsche Schlußfolgerung: Kind fiebert – dann kommt wohl wieder ein Zähnchen durch – eine nötige ärztliche Untersuchung ihres Kindes bei anhaltendem Fieber zu versäumen.

Bei anhaltendem Fieber Ursache klären

Also: Wenn Ihr Kleinkind ohne feststellbare Krankheitszeichen Fieber hat, das sehr hoch ist (über 39 °C) bzw. länger als 2–3 Tage anhält, sollten Sie das nicht auf den evtl. gleichzeitig stattfindenden Durchbruch von Zähnen schieben, sondern Ihren Kinderarzt aufsuchen, damit er Ihr Kind untersuchen kann, um mögliche Ursachen der fieberhaften Erkrankung festzustellen.

Nichtmedikamentöse Behandlung von Infekten der Atemwege

Um den Körper des Kindes bei seiner Auseinandersetzung mit den Krankheitserregern zu unterstützen, können Sie selbst einiges tun.

Hausmittel

Abgesehen von den ärztlich verordneten Medikamenten gibt es ein paar alte „Hausmittel", die leider weitgehend in Vergessenheit geraten sind und die ich Ihnen jetzt erläutern möchte.

Nahrungskarenz/Fasten

Für den Kinderarzt ist es immer wieder befremdlich, wenn Eltern eines erkrankten und akut fiebernden Kleinkindes am lautesten darüber Klage führen, daß Ihr Kind z. Z. nichts essen will.

Dabei ist das kein Grund zur Klage, vielmehr zeigt sich hier durch den *verminderten Appetit* ein *natürlicher,* der Situation angemessener *Regulationsvorgang.*

Wie schon bei den fiebersenkenden Maßnahmen beschrieben, sollte man beim Auftreten eines frischen Infekts die Nahrungsaufnahme reduzieren, einfacher gesagt: weniger essen! Die Fähigkeit unseres Abwehrsystems, Krankheitserreger unschädlich zu machen, steigt deutlich an während einer zwei- bis dreitägigen Fastenzeit.

Weniger essen

Die mit einem frischen Infekt im allgemeinen einhergehende Appetitlosigkeit ist eine durchaus sinnvolle Steuerungsmaßnahme des Organismus und sollte nicht in dem falschen Glauben, der kranke Körper brauche mehr Nahrung, ausgeschaltet werden.Bei erzwungener Nahrungsaufnahme kommt es bei Kindern sonst ohnehin schnell zum Erbrechen.

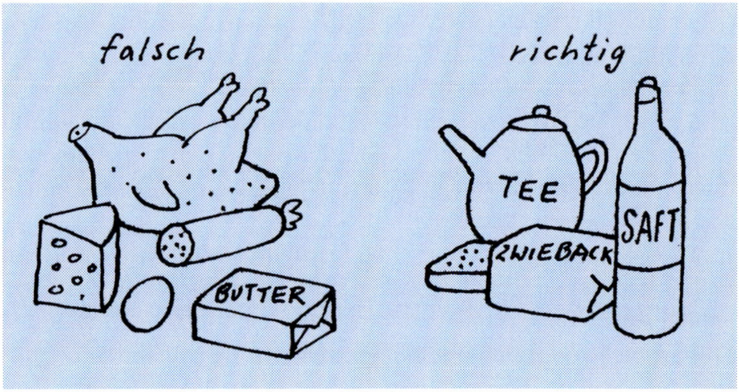

Abb. 12 Nahrungskarenz (Fasten)

Ich will es hier nochmals betonen: Für ausreichende Flüssigkeitszufuhr muß unbedingt gesorgt werden.

Ausreichend trinken

Leicht gesüßter Tee, dem auch eine kleine Prise Salz zugesetzt werden kann aber so wenig, daß er nicht salzig schmeckt, ist dazu am besten geeignet. Säfte allein sind nicht so gut, sie enthalten zuviel Säuren. Wenn Ihr Kind aber lieber Saft trinkt und keinen Tee mag, dann können Sie ihm eine Mischung aus 1/3 Saft und 2/3 leicht gesüßtem Tee geben.

Ruhigstellung/Bettruhe

Nicht nur ein Kind mit hohem Fieber, sondern auch ein nicht fieberndes krankes Kind sollte ruhiggestellt werden.

Nicht herumtoben

Das bedeutet nicht immer strenge Bettruhe, aber es sollten auf jeden Fall größere körperliche Belastungen vermieden werden. Das heißt u. a.: Nicht herumtoben, längere Schlafenszeiten, Vermeidung unnötiger Aufregungen (z. B. durch Besucher). Außerdem sollte das kranke Kind auch nicht den ganzen Tag vor dem Fernseher sitzen, weil es dabei ja so schön friedlich ist.
Spaziergänge mit einem fiebernden Kind sind nicht empfehlenswert! Dabei geht es weniger um die frische Luft, die schadet nicht. Mit einem leicht fiebernden Säugling oder einem Kleinkind, das noch im Wagen sitzt, können Sie bei angemessener Witterung ruhig mal kurz raus gehen. Dabei ist aber darauf zu achten, daß das Kind nicht zu warm eingepackt wird, damit es nicht zu einer Hitzestauung kommt.

Abb. 13 Bettruhe

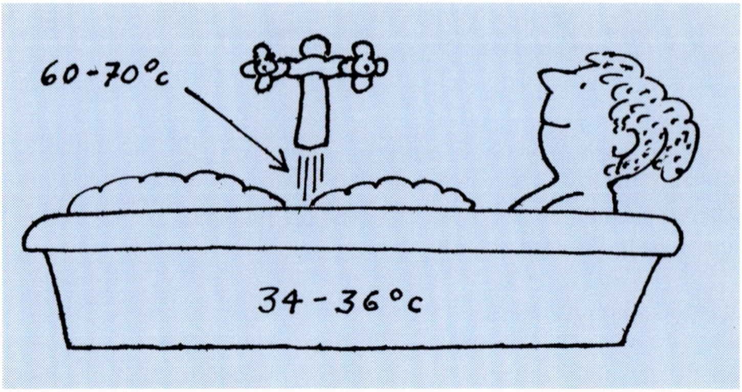

Abb. 14 Erwärmungsbad

Erwärmungsbad

Erwärmungsbad als Vorbeugung

Eine Maßnahme, die – rechtzeitig angewandt – u. U. den sonst zu erwartenden Ausbruch eines Infektes verhindern kann, wenn Ihr Kind trotz aller Vorsichtsmaßnahmen doch mal stark ausgekühlt ist, weil es z. B. unerwartet in einen kalten Regenguß kam, oder in eine Pfütze gefallen ist.

Ausführung: Im warmen Badezimmer etwa soviel Wasser in die Wanne lassen, daß es dem hineingesetzten Kind bis zu den Brustwarzen reicht. Die Wassertemperatur sollte dabei etwa 34–36 °C betragen. Wenn das Kind im Wasser sitzt vorsichtig (!) langsam „heißes“ Wasser zufließen lassen, bis die Temperatur des Bades auf etwa 40 °C angestiegen ist. Das Kind sollte als Reaktion eine rosige Gesichtsfarbe und ganz leichte Schweißbildung auf der Stirn zeigen. Wenn das erreicht ist, aber spätestens nach 20 Minuten wird das Kind aus der Wanne genommen und anschließend ganz kurz kalt abgewaschen oder -geduscht.

Einfacher, aber nur für ältere Kinder geeignet, ist kräftiges Duschen mit langsamer Erhöhung der Wassertemperatur von „gut lauwarm“ auf „sehr warm“, bis das Kind wieder völlig erwärmt ist (Füße beachten!). Dann einmal kurz kalt überbrausen und anschließend kräftig abfrottieren.

Schwitzpackung

Schwitzpackung

Sie ist ungeeignet für herzkranke oder „kreislauflabile“ Kinder und für solche mit Fieber!

Bei Kindern unter 2 Jahren nicht anwenden!

Abb. 15 Schwitzpackung

Erfolgversprechend ist eine Schwitzpackung am Beginn eines Infektes, besonders wenn das Kind friert bzw. „Schüttelfrost" hat.

Ausführung: Man läßt das Kind 1/2 Liter „heißen" Kräutertee trinken, am besten aus Holunderblüten, aber keinen „schwarzen" Tee, evtl. mit etwas Zitronen- oder Sauerkirschsaft und Zucker oder Honig. Dazu kann man dem älteren Kind eine seinem Gewicht angemessene Dosis eines Fiebermittels (Saft oder Tablette) verabreichen. Dann das Kind in ein großes Badetuch wickeln, darüber eine Wolldecke. Mit einer Steppdecke oder einem Federbett zudecken. Das Kind etwa 30 Minuten ruhig liegen und schwitzen lassen.

Selbstverständlich sollten Sie daneben sitzen bleiben. Durch das Erzählen oder Vorlesen einer Geschichte sollten Sie es beruhigend unterhalten und ihm evtl. auftretenden Schweiß von der Stirn wischen, damit er nicht in die Augen läuft.

Nach einer halben Stunde das Kind aus der Packung nehmen und kräftig abfrottieren; einen baumwollenen Schlafanzug anziehen (keine Kunstfaser!) oder in ein trockenes Badetuch wickeln und leicht zugedeckt liegenlassen, bis die Schweißabsonderung völlig aufhört. Dann nochmal abtrocknen, einen trockenen Schlafanzug anziehen und zum Schlafen hinlegen.

Halswickel

Halswickel gegen Racheninfekte

Er ist besonders geeignet als Behandlungsmaßnahme bei Beginn eines Racheninfektes.

Bei Kindern, die zu gehäuften Racheninfekten neigen,kann man

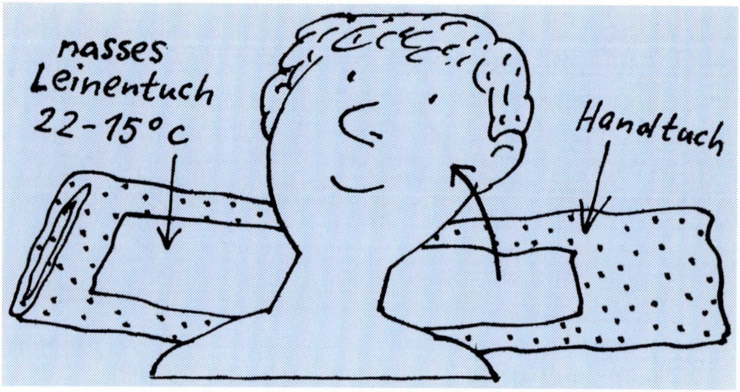

Abb. 16 Halswickel

einen täglichen Halswickel auch zur Vorbeugung über einen längeren Zeitraum durchführen.

Ausführung: Ein 4–6 cm breites Leinen- und Baumwolltuch (z. B. ein zusammengelegtes dünnes Taschentuch) wird mit leitungskaltem Wasser angefeuchtet, bei Kleinkindern darf das Wasser zunächst etwas wärmer sein (maximal 20–22 °C). Das Tuch wird etwas ausgewrungen und in nur einer Lage um den Hals gelegt. Darüber kommt ein etwas breiteres trockenes Leinen- oder Baumwolltuch, über dieses wird ein Schal gewickelt. (Vorsicht mit Sicherheitsnadeln zum Befestigen bei Kleinkindern!). Dann wird das Kind ruhiggestellt, muß aber nicht unbedingt ins Bett. Den Wickel können Sie 1–2 Stunden dranlassen. evtl. auch über Nacht.

Der Halswickel darf natürlich nicht zu eng sein, er soll die Atmung selbstverständlich nicht behindern, muß aber gut anliegen. Wenn Luft zwischen Wickel und Haut gelangt, kann es zu örtlichen Unterkühlungen kommen.

Und noch etwas ist wichtig: Das Kind muß vor Anlegen des Halswickels gut durchwärmt sein, es darf also keine kalten Hände oder Füße haben – was bei allen Kaltwasseranwendungen zu beachten ist!

Brustwickel

Eine empfehlenswerte Behandlungsmaßnahme bei Kindern mit Neigung zu Bronchitis, aber auch gegen Reizhusten bei Infekten ist der Brustwickel.

Brustwickel bei Bronchitis empfehlenswert

Hierbei ist besonders wichtig: Nur bei einem gut durchwärmten Kind anwenden, evtl. vorher ein Erwärmungsbad durchführen.

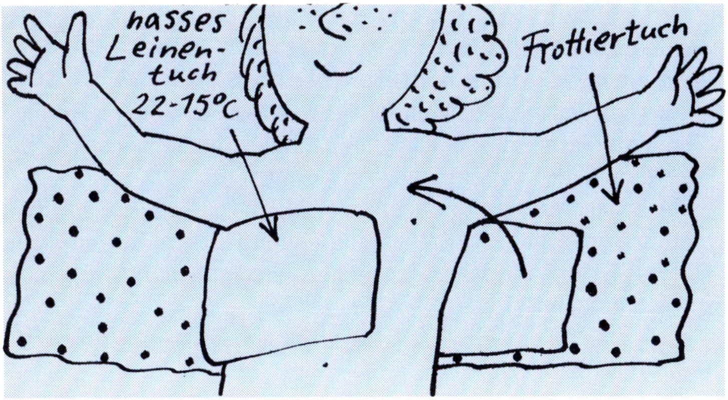

Abb. 17 Brustwickel

Ausführung: Benötigt werden ein schmales Leinen- oder Baumwolltuch, ein etwas breiteres Frottiertuch, ein Laken (ebenfalls aus Leinen oder Baumwolle), eine warme Decke, für ein Kleinkind eine dünne Strickjacke, ein Waschlappen.

Das Leinentuch wird in leitungskaltes Wasser (bei sehr kleinen Kindern kann man anfangs Wasser von etwa 20–22 °C nehmen), getaucht und anschließend etwas ausgewrungen, so daß es nicht mehr triefnaß, aber noch sehr feucht ist. Dann wird es schnell ohne Faltenbildung um den Brustkorb des Kindes gelegt, am besten wenn es gerade ausgeatmet hat.

Das Tuch soll dabei vom Unterrand der Achsel bis zum Unterrand der Rippen reichen. Anschließend wird ebenfalls schnell das Frottiertuch herumgelegt und festgesteckt – bei Kleinkindern ohne Sicherheitsnadeln, besser ist es, eine dünne Strickjacke darüber zu ziehen.

Den Wickel sollte man 45–60 Minuten, mindestens aber 30 Minuten umgelegt lassen. Während dieser Zeit muß das Kind gut beobachtet werden. Es soll nach 2–3 Minuten warm sein. Das Gesicht sollte rosig aussehen, auf Stirn und Nacken sollte sich ganz wenig Feuchtigkeit bilden, kein starker Schweiß.

Wenn das Kind nicht warm wird, muß man es gleich wieder aus dem Wickel herausnehmen, abfrottieren, ins warme Bett legen, evtl. vorher noch schnell ein temperaturansteigendes Fußbad machen (s. S. 63).

Ist das Kind mit dem Brustwickel eingeschlafen, sollte es nach etwa 2 Stunden herausgenommen werden. Dann, wenn es wie zu erwarten, sehr warm ist, den Brustkorb kurz kalt abwaschen, leicht abtrocknen. Ein nicht deutlich erwärmtes Kind nach der Abnahme des Wickels nur kräftig abfrottieren. Anschließend wird es zur Nachtruhe ins Bett gelegt.

Bei einem Kind mit hohem Fieber kann man nach je 10–15 Minuten Liegedauer den kalten Brustwickel 2–3mal erneuern; auch sollte man hierbei das feuchte Tuch möglichst wenig auswringen, da es dann dem Körper mehr Wärme entzieht.

Ein Brustwickel kann auch über Nacht drangelassen werden, wenn er vom Kind nicht als störend empfunden wird und wenn gesichert ist, daß das Kind sich nicht nachts unbemerkt freistrampelt und dann auskühlt.

Heiße Wickel

„Heiße" Wickel bei fröstelnden Kindern

Bei sehr mageren und schwächlichen Kindern, die leicht auskühlen, besteht die Gefahr, daß sie im kalten Wickel nicht warm werden. In diesem Fall kann man einen solchen Wickel auch „heiß" anlegen – selbstverständlich nie bei einem fiebernden Kind!

Für einen solchen „heißen" Wickel wird das Leinentuch (s. kalte Wickel) in Wasser von etwa 45 °C getaucht, ausgewrungen und besonders schnell um Brust oder Hals gewickelt und ebenso schnell mit dem trockenen Tuch abgedeckt.

Nie lauwarmes Wasser für solche Wickel verwenden, es hat keinerlei Reizwirkung und schadet eher!

„Nasenspülung" mit Kochsalzlösung

Physiologische Kochsalzlösung bei Schnupfen

Um von der viel zu häufigen und bei längerer Behandlungsdauer schädlichen Anwendung von abschwellenden Nasentropfen wegzukommen, sollte bei Säuglingen und Kleinkindern zur Schnupfenbehandlung öfter eine 1%ige (richtiger 0,9%ige) Lösung von Natriumchlorid (=NaCl = Kochsalz) verwendet werden. Die meisten Apotheken haben diese Lösung in Tropfpipettenflaschen heute vorrätig.

Sie können sie sich aber auch leicht selbst herstellen, indem Sie 5 Gramm Kochsalz (= 1 gestrichenen Teelöffel) in 500 ml Wasser aufkochen. Die Lösung ist dann durch das Aufkochen steril. Sie ist, wenn sie in einer sauberen, gut verschlossenen Flasche aufbewahrt und nicht verunreinigt wird, mindestens eine Woche haltbar.

Von dieser Lösung kann mehrmals täglich eine halbe bis eine ganze Füllung einer Nasentropfenpipette in jedes Nasenloch des Kleinkindes gegeben werden (bei Säuglingen etwas weniger). Wenn die Lösung dabei kalt ist, wirkt sie leicht schleimhautabschwellend, d. h., die Nase ist hinterher besser luftdurchlässig.

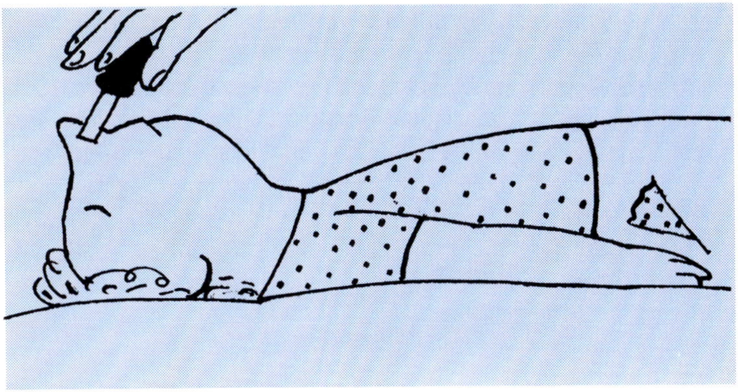

Abb. 18 „Nasenspülung“

Die Lösung brennt nicht auf der Schleimhaut und ist völlig ungefährlich, auch bei Langzeitanwendung – im Gegensatz zu abschwellenden Nasentropfen. Es handelt sich ja nur um ein paar Tropfen Salzwasser, das das Sekret der Schleimhäute verdünnt, so daß es anschließend leichter verschluckt oder – was schon besser ist – vom älteren Kind ausgeschneuzt werden kann. Bei Säuglingen und Kleinkindern kann man auch versuchen, das verdünnte Sekret etwas später mit einem Absaugballon zu entfernen.

Die Anfeuchtung der Nasenschleimhäute mit 1%iger Kochsalzlösung kann auch vorbeugend erfolgen. Besonders im Winter, bei trockener Luft in überheizten Räumen ist dies eine gute Maßnahme zur Pflege der Nasenschleimhäute.

Selbstverständlich muß die verwendete Pipette öfter gründlich gereinigt werden, am besten kocht man sie zusammen mit der Gummikappe kurz aus. Auch sollten Sie darauf achten, daß Sie nicht, nachdem Sie die Pipette in die Nase des Kindes entleert haben, gleich den Druck an der Gummikappe lösen, damit Sie jetzt nicht Sekret aus der Nase in die Pipette aufsaugen und mit diesem bei der nächsten Entnahme die Lösung in der Flasche verunreinigen.

Natürlich sollten Sie bei mehreren Kindern für jedes eine eigene Flasche/Pipette verwenden!

Dampfbad mit Kamille

Mit Kamillendampf gegen chronischen Schnupfen

Kamillendampfbäder sind bei Nasen-Racheninfekten sehr gut zur Behandlung geeignet. Sie können aber bei sehr anfälligen Kindern zur Vorbeugung von Stirn- und Kieferhöhlenentzündungen auch prophylaktisch durchgeführt werden.

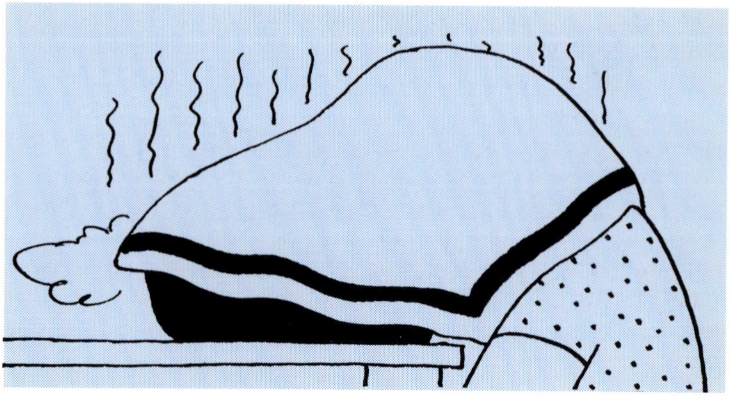

Abb. 19 Dampfbad mit Kamille

Ausführung: Kamillenblüten oder -extrakt mit heißem/kochendem Wasser in einer Schüssel übergießen. Den Kopf etwa 20–30 cm darüber halten, ein großes Handtuch über den Kopf hängen und den aufsteigenden Dampf durch die Nase einatmen.

Aber Vorsicht – Verbrühungsgefahr! Bei Kleinkindern sollten Mutter oder Vater mit unter das Tuch gehen. Die Schüssel gut festhalten, evtl. kleine Papierschiffchen mit dem Kind über das Wasser pusten – es atmet dabei auch besser durch.

Nach dem Dampfbad wischen Sie dem Kind mit einem triefnassen kalten Waschlappen 1–2mal kurz über das Gesicht, welches Sie danach kurz abfrottieren. Anschließend sollte das Kind 1–2 Stunden nicht an die kalte Luft gehen.

Vorsicht bei Verwendung ätherischer Öle

Die *Verwendung von ätherischen Ölen* für Dampfbäder ist mit der *Gefahr von Schleimhautreizungen* verbunden, sollte daher besonders bei Kleinkindern besser unterbleiben.

Eine Schüssel Wasser mit einigen Tropfen eines solchen Öles im Schlafraum zur Verdunstung aufgestellt, kann aber zur Verbesserung des Raumklimas beitragen und wird von vielen an einem Infekt erkrankten Kindern als angenehm empfunden – doch nicht jedes Kind mag diesen Geruch!

Brusteinreibungen mit verschiedenen Balsamen

Einreibungen der Brust bei Atemwegserkrankungen mit Salben oder Gels, die ätherische Öle enthalten, und die man ohne Rezept in den Apotheken kaufen kann, sind zwar eigentlich schon den Medikamentenanwendungen zuzurechnen, ich will sie hier aber doch kurz unter den „Hausmitteln“ abhandeln, da ihre Anwendung sehr weit verbreitet ist und in der Regel auch ohne ärztliche Verordnung erfolgt.

Entgegen einer weitverbreiteten Ansicht wirken diese Mittel aber kaum durch die Haut direkt auf die Atemwege ein. Wirksam sind vielmehr in erster Linie die durch die Körperwärme verdampfenden ätherischen Öle, deren Dämpfe das Kind einatmet. Daher ist es auch nicht sinnvoll, die Brust nach der Einreibung z. B. mit einer Wattepackung abzudecken, weil dann diese balsamischen Dämpfe nicht entweichen und auch nicht eingeatmet werden können.

Brusteinreibungen wirken durch die eingeatmeten Dämpfe

Gleichermaßen wirken von verschiedenen Firmen angebotene Tropfen aus ätherischen Ölen, die man in der Umgebung des Kindes auf das Bett oder auf ein Tuch geben kann und deren Dämpfe atmungserleichternd wirken sollen.

Aber Vorsicht bei der Anwendung derartiger Mittel: Es gibt Kinder, die allergisch auf diese ätherischen Dämpfe reagieren, z. B. mit verstärktem Hustenreiz. In seltenen Fällen kann es sogar zu einem Stimmritzenkrampf mit erheblicher Atembehinderung kommen, besonders wenn diese Dämpfe in zu konzentrierter Form eingeatmet werden.

Heiße, süße Getränke

Sie sind besonders gut bei Beginn eines Infektes, aber auch gegen Husten wirksam. Am besten mit Honig oder Fenchelsirup oder auch einfach mit Zucker gesüßt eignen sich dazu: Milch, Hustentee, Hagebuttentee, verdünnter Zitronensaft. Gut geeignet sind auch: verdünnter heißer Holundersaft oder Sauerkirschsaft.

Heiße, süße Getränke wirken schleimlösend

Abb. 20 Heiße süße Getränke

Konzentrierter Sauerkirschsaft bei Fieber nicht gut

Aber: Unverdünnter Kirschsaft, abgegossen von eingeweckten Sauerkirschen, der Kleinkindern oft als vermeintlich fiebersenkendes Mittel verabreicht wird, ist nicht zu empfehlen, da er zuviel Säure und Zucker enthält und daher oft erbrochen wird. Solchen Saft sollte man nur in verdünnter Form, z. B. als Zusatz zum Tee verwenden.

Zum Schluß noch eine Frage, die zu unserem Thema gehört und die von vielen Eltern hustender Kinder, immer wieder angeschnitten wird:

Ist Zwiebelsaft ein gutes Hustenmittel?

Zwiebelsaft kein Wundermittel

Zwiebelsaft ist kein Wundermittel – wie offenbar manche Eltern glauben. Die Wirkstoffe der Zwiebel – in größeren Mengen aufgenommen – üben auf Magen-Darm eine Reizwirkung aus. Man sollte daher mit der Anwendung bei Kleinkindern zurückhaltend sein.

Wer meint, nicht darauf verzichten zu können, kann folgende Zubereitungen verwenden (sie haben eine schleimlösende Wirkung, die aber nicht stärker ist, als die unserer zu diesem Zweck verordneten Hustensäfte):

• 1–2 mittelgroße Zwiebeln zu einem Brei verreiben, dazu 4–6 gehäufte Eßl. Zucker oder Honig geben, gut vermischen, eine Weile ziehen lassen. Das Gemisch teelöffelweise über den Tag verteilt einnehmen.

• Milder und für Kleinkinder eher geeignet ist folgende Zubereitung: Zwiebeln in dünne Scheiben schneiden, reichlich Zucker darüberstreuen, einige Stunden stehen lassen, dann nur den Sirup verwenden, der sich gebildet hat, nicht die Zwiebelscheiben.

Schlußbemerkungen

Wie bereits anfangs gesagt, ist es besonders bei einem infektanfälligen Kind wichtig, einen Arzt bzw. eine Ärztin zu haben, wo Sie bei allen auftretenden Erkrankungen Ihres Kindes Rat und Hilfe erhalten. Er/sie kann mit Hilfe der Sprechstunden-Dokumentation den Gesundheitszustand Ihres Kindes zu jedem Zeitpunkt am besten einschätzen und aufgrund seiner/ihrer Kenntnis der vorangegangenen Erkrankungen und der bisher durchgeführten Behandlungsmaßnahmen am sichersten entscheiden, welche Behandlung für Ihr Kind am besten geeignet ist, z. B. ob ein Antibiotikum eingesetzt werden muß oder nicht.

Sie sollten deshalb den behandelnden Kinderarzt nicht unnötig wechseln.

Da infektanfällige Kinder erfahrungsgemäß doch häufig bei verschiedenen Ärzten vorgestellt werden (z. B. im Urlaub, im Notdienst), sollten Sie als Eltern die Erkrankungen und die wichtigsten Behandlungsmaßnahmen bzw. Medikamente aufschreiben, etwa nach folgendem Muster:

Datum	Diagnose =	Medikamente
von–bis	Krankheit	(besonderes Antibiotika)
...	...	...
...	...	...

Wenn Sie eine solche Aufstellung einem fremden Arzt, z. B. bei einer „Notversorgung“ oder bei einer Erkrankung im Urlaub vorlegen, ist es für diesen eine große Hilfe bei der Festlegung der notwendigen Behandlung.

Vor allem, liebe Eltern, sollten Sie sich die *Namen der Medikamente merken,* die Ihr Kind bei einer Erkrankung verordnet bekommt!

Als Arzt im Notdienst erlebt man immer wieder folgendes:

Eltern kommen mit ihrem deutlich kranken Kind in die Notfallsprechstunde am Wochenende und berichten, daß es von Ihrem Kinderarzt seit 2 oder 3 Tagen wegen einer hochfieberhaften Erkrankung behandelt werde, aber immer noch fiebere.

Auf die Frage, welche Medikamente das Kind bekomme, erhält man in 9 von 10 Fällen etwa folgende Antwort: „So einen weißen (oder rosa) Saft…“ Manchmal wissen sie noch, daß er nach Himbeeren oder Banane o. ä. rieche, dem Kind trotzdem nicht besonders schmecke und 2mal (oder vielleicht 3mal?) am Tag gegeben werden solle. Aber fast nie haben sie sich den Namen gemerkt oder wenigstens aufgeschrieben. Sie erwarten aber von dem fremden Arzt, daß er weiß, was das für ein Medikament ist.

Das gleiche gilt natürlich auch für alle anderen Medikamente, die Ihr Kind z. Z. bekommt.

Das ist nicht in Ordnung!

Deshalb: Wenn Sie Ihr akut erkranktes Kind einem fremden Arzt vorstellen müssen, *schreiben Sie sich bitte vorher auf, welche Medikamente* es in der letzten Zeit bekommen hat oder gerade einnehmen muß.

Nehmen Sie auch den *Impfausweis* mit (besonders wichtig bei Verletzungen!) und bei kleinen Säuglingen auch das gelbe *Vorsorgebuch.*

Auch ein paar *Notizen über bisher durchgemachte Infektionskrankheiten und andere schwere Erkrankungen* sind wichtig und für die richtige Diagnosefindung oft genauso entscheidend wie die Untersuchung des Kindes.

Nun noch ein paar Tips, wie Sie sich, Ihrem Kinderarzt und Ihrem Kind den Umgang miteinander erleichtern können:

1. Benutzen Sie *nie den „Onkel Doktor“* oder die *„Tante Doktor“ als Drohmittel,* wenn Ihr Kind nicht so will wie Sie. Etwa nach dem Motto: Wenn Du nicht artig bist, gehen wir mit Dir zum Doktor und der gibt Dir dann eine Spritze.
   Kein Wunder, wenn Ihre Tochter/Ihr Sohn dann schon schreit, wenn sie/er die Ärztin oder den Arzt auch nur von weitem zu sehen bekommt.
2. Versuchen Sie Ihr Kind seinem Alter entsprechend *vernünftig auf den Arztbesuch vorzubereiten* indem Sie ihm z. B. erklären, was dort mit ihm evtl. geschieht, warum eine Spritze (Impfung) gegeben werden muß, und daß dies nicht geschieht, weil der Doktor böse ist, sondern daß er damit dem Kind helfen will. Und beteuern Sie bitte nicht unmittelbar vor der Verabreichung einer Spritze oder vor einer Blutentnahme, es tue überhaupt nicht weh. Sie wissen doch selbst, daß das nicht stimmt!
3. Stopfen Sie Ihrem Kind nicht unmittelbar vor der Untersuchung durch den Arzt den Mund mit Kuchen, Brötchen o. ä. voll. Auch ein Bonbon oder ein Stück Schokolade im Mund stören nicht nur

den Arzt bei der Untersuchung, sondern bergen auch die Gefahr in sich, daß das Kind, wenn es plötzlich zu schreien beginnt, sich daran „verschlucken" kann.

4. Ziehen Sie ihrem Kind für den Arztbesuch nicht die kompliziertesten Kleidungsstücke an. Bedenken Sie, daß Ihr Liebling in der Praxis möglichst schnell entkleidet und wieder angezogen werden muß.
5. Bringen Sie zum Kinderarzt nicht die gesamte Großfamilie mit. Meist ist der Platz in den Warteräumen begrenzt und je mehr Menschen dort sitzen, desto ungeduldiger werden die Kinder.
6. Ein mitgebrachtes „Kuscheltier", ein vertrautes Bilderbuch, ein „Schnuffeltuch" o. ä. wirken oft sehr beruhigend auf ein ängstliches Kleinkind.
7. Bedenken Sie, daß die anderen Kinder in den Warteräumen evtl. kränker sind als Ihr Kind.
   Warteräume und Gänge in der Praxis sollten nicht als Rennbahn benutzt werden. Lassen Sie also Ihr *Kind nicht unbeaufsichtigt in der Praxis herumlaufen.* Die Mitarbeiterinnen dort haben alle Hände voll zu tun und können nicht für Sie die Aufsicht über Ihr Kind übernehmen.
8. Wenn Sie vor einer Vorsorgeuntersuchung (die Sie selbstverständlich alle termingerecht durchführen lassen sollten!) oder vor einer sonstigen eingehenden Untersuchung Fragen z. B. zur Entwicklung bzw. zum Gedeihen Ihres Kindes haben, machen Sie sich am besten ein paar *Notizen*, damit Sie diese Fragen dann nicht im Gespräch mit dem Arzt vergessen.

Dr. med.
Helga Blankenhagel
Asthma, Bronchitis, Allergien bei Kindern
Ursachen
Beschwerden
Behandlung
224 Seiten, 26 Abbildungen
ISBN 3-333-00538-7

Prof. Dr. med.
Gisela Ehle
Ich finde nicht mein Maß
Magersüchtig, eßsüchtig, eßbrechsüchtig
Ursachen und Behandlungsmöglichkeiten
120 Seiten, 15 Abbildungen
ISBN 3-333-00669-3

Prof. Dr. med.
Hans Meffert
Schuppenflechte
Ursachen
Erscheinungen
Behandlung
Bewältigung
96 Seiten, 13 Abbildungen
ISBN 3-333-00694-4

Dr. med. Oswald Wolf
StR Adolf Jilg
Edeltraut Cordes
Hörgeschädigt
Das kleinste Sinnesorgan
Störungen und Behandlung
Hör- und Hilfsmittel
116 Seiten, 14 Abbildungen
ISBN 3-333-00686-3

Dr. med. Ruth Menzel
Insulin zum Leben
Über 6 Millionen
Diabetiker spritzen Insulin
Mit Tapferkeit und Wissen
ein fast normales Leben
Insulintherapie heute
152 Seiten, 23 Abbildungen
ISBN 3-333-00525-5

VERLAG GESUNDHEIT